Toni Lauerer – Wos gibt's Neis?

Toni Lauerer

Wos gibt's Neis?

Gschichten aus dem verzwickten Alltag

MITTELBAYERISCHER VERLAG REGENSBURG

Die Deutsche Bibliothek – CIP-Einheitsaufnahme

Ein Titeldatensatz für diese Publikation ist bei
Der Deutschen Bibliothek erhältlich

1. Auflage, 2000, 1. – 29.Tausend
2. Auflage, 2001, 30. – 49.Tausend

Toni Lauerer
Wos gibt's Neis? Gschichten aus dem verzwickten Alltag

www.mz-buchverlag.de
Umschlag: Anna Braungart, Regensburg
Umschlagfoto: Foto Wagner, Furth im Wald
Satz: Fotosatz Vollnhals, Mühlhausen
Druck: DONAU DRUCK Regensburg GmbH
Printed in Germany

ISBN 3-931904-77-6

Inhalt

Wenn die Rosi und die Jennifer sich in der Disco treffen, dann ist das einfach

Voll guat

Rosi: Ej, servus Dschenniva! Ej, di hob i scho ewig nimma gseng. Ej sog, wos treibst denn allaweil, sog ej!
Jenni: Ej Rosi, griaßde, olte Wurschthaut! Des holt i ned aus! I find des voll guat, dass i di wieder amol triff. Echt Rosi. Ej, i glaub i spinn. Triff i di! Wenn des ned voll guat is!
Rosi: Ej, wej i di grod gseng hob, hob i mir voll denkt: „Ej", hob i mir denkt, „ej isses oder isses ned?" Grod aso. Und ej, es is ein Wahnsinn, du bistas. Find i sauguat, echt!
Jenni: I find des aa sauguat, dasses bin. Ej Rosi, moch deine Luser aaf, i mou dir wos verzühln. Do brichst du voll zamm!
Rosi: Ej, schmatz aussa, Dschenniva!
Jenni: I bin am Samstog in da Disco gwen. Die dodale Härte! Also echt, Rosi, voll hirt! Ej, mitn Kurt, des is de volle Äktschn. Ej, i hob mir denkt, i wia nimmer. Der is voll draaf.
Rosi: Echt? Mitn Kurt? De volle Äktschn? Ej, verzühl! Lou mi ned dumm sterbn!
Jenni: Ej Rosi, echt ohne Schmarrn, de volle Äktschn. Ej, oans is mir klar: De meistn Manna san volle Deppn, also echt volle. Owa da Kurt, der hod echt Niwo!
Rosi: Wos hoda?
Jenni: Niwo hoda!
Rosi: Hoda sein GTI nimmer? Hoda ejtz an Niwo? Is des aso a Japaner?
Jenni: Ej Rosi, ejtz glaubes owa. Host du voll die geistige Seuche? Niwo is doch koa Auto ned! Niwo, des is, wennst mit oan an voll guatn Schmaatz dou konnst. Ej, diskutiern und so. Voll.
Rosi: Aso! Ejtz howes voll kapiert. Niwo! Genau! Niwo! Ejtz is mir des voll klar. Ej, diskutiern und so! Stark!

Jenni: Genau! Ej Rosi, da Kurt und i hamma an voll guatn Schmaatz ghod. Über sein neia Frontschpoiler und über Musik. Ej da Kurt, der findn Meikl Tschäksn genauso guat wej i. Echt, voll! Da Kurt, der is ned wej de andern! Der hod echt wos draaf. Niwo holt. Der is null Depp! Null komma null Depp. Des hob i am Samstag wieder voll gspannt!
Rosi: Ej Dschenniva, echt? Verzühl! I bin scho voll neigiere.
Jenni: Ej Rosi, da Kurt, is ejtz koa Schmarrn, göll, da Kurt, der hod d-r-e-i Goaßmass aaf oa Stund gsuffa, echt ohne Schmarrn. Voll kuul, göll. Und wos wor? Woaßt, wos wor? Nix wor! Null Rausch, null. Dout einen Superkopperer und stejt do wej a Baam. Voll. Ej, da Kurt, der is anderst wej de andern. Der hod echt Niwo!
Rosi: Ej, Dschenniva, do mou i dir voll recht gebn, voll. Der Mann is stark! Ej, und dann? Hod er di hoamgfohrn? Ej Dschenniva, sog, hod er di hoamgfohrn? Du, i mecht alles wissen. Jeds Detail. Kimm, verzühl, sunst zreißts mi!
Jenni: Ej, Rosi, klaro hod er mi hoamgfohrn. Da Kurt is doch der volle Kaffalier! Du, der GTI, der gejt ab wie die Sau. 150 aaf da Landstraß und immerhin no Neinzge in da Ortschaft. Und des mit drei Goaßmass! Des is voll die Leistung, daad i sogn. Du Rosi, ohne Schmarrn: Da Kurt und sei GTI san flotter wej flott. Ej, ned umasunst gibts den voll hirtn Spruch: Ob Frank- ob Schwein- ob Ochsenfurt, da Kurt, der is als erster durt! Haha, des is doch voll der Spruch.
Rosi: Ej, ein Superspruch is des. I bin dir echt direkt neidisch um den Kurt. Ej Dschenniva, und wos wor sunst no? Erotikmäßig.
Jenni: Ej Rosi, holt di fest! Des wor de absolute Erotik, de absolute. Du, ohne Krampf: Er hod mir sei Tätowierung zoigt. Voll.
Rosi: Ej ehrlich? Wos für a Tätowierung? Ej scharf ej. Voll scharf.
Jenni: Aaf sein rechtn Oberschenkl. A „M"! Der hod echt a „M" aaf sein rechtn Oberschenkl. „M" is sei absoluter Lieblingsbuchstabn. Ej, woaßt, wos des bedeit? Ej, des bedeit drei Sachen aaf oamol.
Rosi: Drei Sachen? Ej stark! Wos bedeit nacha des „M"?
Jenni: Ej, des bedeit „Musi", „Marlboro" und „Massenhaft Weiber".

Rosi: Ej, Wahnsinn! Da Kurt ist echt anderst wej de andern. A echt hirta Typ. Matschomäßig, owa trotzdem mit Niwo. Voll.
Jenni: Ej Rosi, do host du voll recht. Echt recht. Ej, samma ned bejs, owa i mou ejtz weida. Wal da Kurt holt mi glei o. Mir gemma ins Kino. Da lafft a voller Äktschnfülm. Do gibts rudelweis Doude.
Rosi: Echt stark! Also da Kurt, der hod ein Niwo, des is da volle Wahn. Ej, vül Spaß, Dschenniva. Und: Bleib kuul!
Jenni: Eh klar, Rosimaus. Tschau, tschüss und bleib sauber! Und denk dro: 's Leben ist hirt, owa mir samma hirter!

Betriebsfasching

Heit is uns d'Orwat dodal wurscht,
heit hoißts „alaaf" und dann „helau",
heit saffma amol oan übern Durscht,
heit loussmas richtig aus die Sau.

Da Chef is do als Kapitän,
da Hacker Luis als Jäger,
de schej Adelheid als Japanerin,
da Pförtner kimmt als Näger.

D'Azubis san do zu viert
als die sieben Geißlein
und dass für alle lustig wird
spendiert da Chef an Weißwein.

D'Frau Lechner is a Sennerin,
ihra Mo, der is als Heino do.
De dunkle Brülln, de mochtna blind
und er schütts Wei mit Wein voll o.

Und vom Lager da bsuffa Klentsch,
als wos der do is, des woaß koa Mensch.

Da Herr Müller, sunst recht staad,
is heit dodal überdraaht
und noch drei, vier Holwe Bier
wird da Müller wej a Stier.

Er büld'se ei, dass er heit gwies
vo alle Manner da schejna is.
Drum gejt er flott und voller Freid
zu da blondn Adelheid.

Sie hod eam awl scho recht gfolln,
drum wüll er ihr in da Bar oan zohln.
Er schatzt, heit hod er alle Chancen
und lallt: „Hicks, Alllheiiid, magst danzn?"

D'Adelheid wüll gor ned recht,
sie woaß, da Müller danzt recht schlecht.
Mit glosige Augn stejt er vor ihr,
schwankt hi und her und stinkt noch Bier.

„Mei, Herr Müller, des is bläd,
akkrat 'n Tango konn i ned,"
sagt d'Adelheid und lächelt müld.
Des mocht'n Müller dodal wüld.

„Na lousstas bleim, du dumme Nuss!"
schreit er und rennt voll Verdruss
in Keller owe zu da Bar,
im Kopf vor Zorn scho nimmer klar.

Er trinkt zwoa Bärwurz und vier Rum
und dann follt er um.
Mitn Müller wirds nix mehr heit
und schuld dran is bloß d'Adelheid.

Bei de andern Närrinnen und Norn
is d'Stimmung awl besser worn.
Da Klentsch hods wieder übertriem
und kurz vor elfe hod er gspiem.

'n Chef sei Frau und da Lechner Bene
san per Du seit holwe zehne.
Da Chef persönlich sagt voller Freid
zu da blondn Adelheid:
„Mir san mir und Mainz bleibt Mainz,
prosit, i bin da Karl-Heinz!"

A Brüderschaft wenn gschlossn wird,
dann ghörtse ned geniert.
Drum glangt da Chef als echter Mo
d'Adelheid am Busn o.

Er spannts ned, wejs im Suff oft gejt,
dass hinter eam sei Olte stejt.
Humorlos wej a Doutngroba
hauts ihran Heinze oane owa.

Omei, de Schand, ui de Blamasch,
a drumm Schelln vor da Bagasch!
Direkt vo vorn, genau aafs Maal,
aaf deitsch gsagt: Des is a Skandal!

'n Chef is d'Lust dodal verganga
aafs Feiern und aafs Busnglanga
und vor lauter Schand und Zorn
fohrt er mit zwoa Promille hoam.

Da Belegschaft is des wurscht,
wal de plogt nach wie vor da Durscht.
De Azubis als sieben Geißlein
hoda zu guat gschmeckt, da Weißwein.

Am Kopf obn, ehrane schejna Horn
hammands in da Bar verlorn
und mit de Geißlein-Schwanz aus Plüsch
liegnds all vier bsuffa unterm Tisch.

Schej staad wirds ejtza Zeit zum zohln,
de Azubis mous Taxi holn
und in da Frej um holwe drei
is da Betriebsfasching vorbei.

Aa da Lechner Bene is scho mejd
und wej er selig hoamzou gejt
sagt er liebevoll zu seiner Frau:
„Schej wors wieder, alaf helau!"

Wenn man als Bewohner der bayerischen Provinz in der Landeshauptstadt war, dann hat man zu Hause den Freunden einiges zu erzählen.

In Minga

Sepp: Servus, Gang!
Gang: Habe d'Ehre, Sepp! Wos treibst denn allaweil aso?
Sepp: Omei, Gang! I hob Sachen gseng, Sachen hob i gseng, de konnst du dir gor ned vorstelln. I bin nämlich am Wochenende in Minga gwen!
Gang: Ja verreck! Und?
Sepp: Wos und?
Gang: Und, wos host nacha gseng in Minga?
Sepp: I hob in an Hotel übernacht.
Gang: Ja und? Do is doch nix dabei.
Sepp: Nix dabei? Dann lus: Do hod oa Übernachtung 250 Mark kost! 250 Mark! Ohne alles! Konnst du dir des vorstelln?
Gang: Naa, des konn i mir ned vorstelln. Do segstas wieder. Do kinnand unsere Hotels am Land heraust ned mitholtn. Bei uns kost oa Übernachtung hejchstns fünfzig Mark. Und dann is no a Frühstück dabei. Um 250 Mark, do gibts am Land gor koa Hotel. I sogs scho awl: Am Land bist allaweil da Bschissne!
Sepp: Des stimmt, Gang. Do host du recht. Mir hamma holt einfach koa Kultur ned. Und 's Klo! Des Klo, des wor so sauber, dass ma vom Bodn essn hejt kinna!
Gang: Und wos host nacha gessn?
Sepp: Du bist vielleicht ein Blädl. Gessn hob i nix im Klo. Owa man hejt essn kinna, so sauber is des gwen.
Gang: Hod di ned ghungert?
Sepp: Frale hod mi ghungert. I hob mir im Restaurant wos kafft. In dem Hotel wor unt a Restaurant. Do hods tolle Sachen gem. Zum Beispiel a Filetsteak um 58 Mark. Solod extra.
Gang: 58 Mark? Do segstas wieder! Mir am Land samma allaweil de Bschissna. Um 58 Mark gibts bei uns gor nix. Mehr wej

dreißig Mark krejgst ned lous bei uns. Und do mousst scho einehaun, dass de fast zreißt. Ungerecht is des! Wos hosten nacha gessn, Sepp?

Sepp: A Boor Weißwürscht um acht Mark achtzig. Mehr hob i mir ned leistn kinna, wals Zimmer so deier wor.

Gang: Und trunka host nixe?

Sepp: Doch. A kloans Bier um sechs Mark sechzig.

Gang: Oläg. Nacha host du für a Boor Weißwürscht und a kloans Bier fünfzehn Mark vierzig zohlt?

Sepp: I hob sogor aafgstockt aaf fünfzehn Mark sechzig! Wal in da Groußstod, do mousst'de nobel gem, dass koana spannt, dass du aus da Provinz bist.

Gang: Mei Liawa, Sepp, a Hund bist scho. Host oan aaf Tschentlmän gmocht, ha?

Sepp: Do hods gschaut, de Bedienung, wej ihr fünfzehn Mark fünfzig hibladlt hob und wej i gsagt hob: „Basst scho, schöne Frau!" Do hods gschaut! Ganz feichte Augn hods krejgt.

Gang: Des glaube, Sepp. Mit dem hod de ned grechnet, dass bei dir 's Geld so locker sitzt. Du bist mir scho oana! A ganz a durchdraahda!

Sepp: Mei, do derf di 's Geld ned reia. Owa ejtz amol ganz wos anders: Des Frühstück in dem Hotel, des wor vielleicht wos seltsams. De essnd fei do a Saufouda!

Gang: A Saufouda??

Sepp: Ja! Do hods a „Frühstücksbüffett" gem mit Woiz, Howan, Mais, Schrout, Gerstn, a richtigs Saufouda holt. Des essn de. Des soll gsund sa.

Gang: Du Sepp, des glaub i scho, dass des gsund is. Schau doch a Sau o: A Sau is praktisch nie krank. Also i persönlich, i hob no nie a kranke Sau gseng.

Sepp: Des stimmt. I aa ned. Owa des is ejtz aa wurscht. Wal da Hammer wor ganz wos anders. Gang, i sogdas, de Bedienungen! S-u-p-e-r-w-e-i-b-e-r! I sogdas. Der Wahnsinn!

Gang: Oläg. Und? Is wos ganga?

Sepp: Des ned. Owa Superweiber. Apropos Weiber: Do gibts in Minga a Strass, do stejt oane neba da andern im kurzn Rock durt und für an Hunderter derfst!

Gang: Wos derf i?

Sepp: No, derfa derfst holt!

Gang: Aso, i derf. Ja, und wenn i ned wüll?

Sepp: Dann mousst ned. Du derfst, owa du mousst ned. Owa i schatz, du konnst ned.

Gang: Aso a Schmarrn. I kannt scho, wenn i mecht, owa i wüll ned.

Sepp: Aaf jedn Fall derfst, wennst wüllst. Owa ejtz ganz wos anders: In da Staatsoper hods d'Fledermaus gem. Fünfzig Mark hod des kost!

Gang: So deier? I hob gor ned gwisst, dassma de Vejcha essn konn.

Sepp: Du bist vielleicht ein Aff! D'Fledermaus is doch a Oper! Do wird gsunga und Muse gspült.

Gang: Ja wej soll denn i des wissen? I wor no nie in Minga. Und? Hod dir nacha d'Fledermaus gfolln?

Sepp: I wor ned drin. I hob ma des ned leistn kinna, wals Zimmer so deier wor.

Gang: 250 Mark.

Sepp: Genau! Owa im Englischn Gortn, do hob i's Allerbeste gseng. Und des hod nix kost!

Gang: Wos nacha? Wos host denn nacha do gseng in dem Gortn? Ebba drümmer Gurkan oder Radieserln?

Sepp: Da Englische Gortn is doch koa Gortn, sondern a Park.

Gang: A gej.

Sepp: Ja. Und do hobes gseng: massenhaft nockerte Weiber! De san do umananda gleng wej d'Haring. Oane neba da andern. Nockert, blitzblank.

Gang: Ejtz mochme ned narrisch, Sepp. Des gibts doch gor ned.

Sepp: Und obs des gibt. I konn dir sogn: ein Wahnsinn! Dodal nockert!

Gang: Ja Sepp, ejtz mou i scho amol dumm frogn: Wann doust denn wieder amol affe aaf Minga?

Sepp: Wenn i wieder sovül Göld hob, dass i mir a Übernachtung leistn konn. I spor scho draaf.

Gang: Woaßt wos, Sepp, do fohr i mit. I wollt nämlich scho lang amol d'Staatsoper seng!

Viele Eltern sind (oft) zu Recht stolz auf ihr Kind. Leider sind die Mitmenschen an den sagenhaften Fähigkeiten der Sprösslinge meistens nicht interessiert. Deshalb muss man etwas nachhelfen und von den Fortschritten des Nachwuchses erzählen, auch wenn man nicht danach gefragt wird.

A gscheits Kind

Huber: Griaß God, Frau Meier! *(Dümmlich grinsend)* Ja Griaßde, Sepperl!
Meier: Griaß God, Frau Huber! Wej gejts denn allaweil?
Huber: Jamei! Wejs holt aso gejt aaf dera Wölt. Jedn Dog wirst um vierazwanzg Stund älter. Es is a Kreiz. Ejtz bine scho neinazwanzg Johr olt. I konns gor ned glauben.
Meier: Neinazwanzg? So jung? Omei, wos daad do i sogn! I bin scho zwoaradreißg. Vor drei Johrn wor i no unter dreißig und ejtz bine drüber. Bisd schaust bist olt. Schauns unsern Sepperl o, der wird heier scho drei Johr olt.
Huber: A gej!
Meier: Ja. *(Zum Kind)* Gell Sepperl, drei Jahre bist scho!
Sepperl bohrt in der Nase und äußert sich nicht über sein Lebensalter.
Huber: Sagta nix!
Meier: Mei, unser Sepperl! Er is aso a gscheits Kind! Ausnehmend gscheit!
Huber: A gej. Er schaut gor ned aso aus.
Meier: Omei, Frau Huber, i sogs Eahna! Er is so gscheit, mir samma manchmal direkt baff.
Huber: Ja gibts des aa.
Meier: Zum Beispiel gestern beim Mittogessn: Packt er sein Leberknödl und wirftna ins Eck hintere. Mei Liawa, des hättns segn solln, wej der Leberknödl ins Eck hintere is. Wej a Gschoß!
Huber: *(Irritiert)* Aso a gscheits Kind! Wirft der den Leberknödl ins Eck hintere. Worum hod er des do?

Meier: Wal er mit knappe drei Johr scho ganz genau woaß, wos er wüll. An Leberknödl zum Beispiel wüll er ned und drum wirftan ins Eck hintere. Da Kinderpsychologe sagt, des is a schlüssige Handlung. Des mocht a Kind normal erst mit fünf Johrn! Er mocht uns sovül Freid, unser Sepperl. Ha, Sepperl?

Sepperl streckt Frau Huber die Zunge heraus und bohrt weiterhin in der Nase.

Huber: Jaja, de Kinder! Is er scho sauber?

Meier: Ned direkt. Owa wenn er d'Windl voll hod, dann sagta: „Heppi Ba din!" I kannt aso locha mit eam, wenn er mit grouße Augn dostejt und sagt: „Heppi Ba din!"

Huber: Also naa, wos alls gibt! Wos bedeit nacha „Heppi Ba din"?

Meier: Des bedeit: Da Seppi hod an Batzn drin! Kaam hod er wos in da Windl, sagtas uns. Dann wissmas ganz genau: Ejtz hod er wos drin. Wos grejßers. Er mocht uns scho recht vül Freid, unser Sepperl!

Huber: Toll! *(Skeptisch)* Owa waars ned gscheida, er daads vorher sogn? Bevor er an Batzn drin hod.

Meier: Jamei, man derf ned zvül verlanga von an so an Kind. Andere Kinder sognd zum Beispiel gor nix, unser Sepperl sagts wenigstens nochher. Im Prinzip gejts eh bloß um a Minutn oder zwoa. Des wird er bold heraust hobn, da Sepperl, dassma des vorher aa sogn kannt.

Huber: Bestimmt!

Meier: Mir mejßma oft aso locha mit eam. Wenn er'n Opa segt, sagta sofort: „Opa Hehner!"

Huber: Ja gibts des aa! Opa Hehner! Hod da Opa ebba a Hausgeflügel?

Meier: Naa, da Opa hod koa Vej ned.

Huber: Oder mog da Sepperl 's Geflügel recht gern?

Meier: Naa, 's Geld mog er gern. „Opa Hehner" bedeit „Opa, i wüll an Zehner!" Da Sepperl konn bloß 's „Z" no ned sogn. Mir mejßma awl sovül locha mit eam. Kaam segt er'n Opa, wüll er an Zehner. Da Opa fürchtna direkt scho, unsern Sepperl. Er hod

ja bloß a kloane Rente, owa des is unsern Sepperl dodal wurscht. „Opa Hehner!" Do is er eiskolt und des mit knapp drei Johrn!
Huber: Mei Liawa, des is oana, Eahna Sepperl!
Meier: I sogs Eahna! Wenn eam da Opa bloß an Fünfer gibt, schreit er sofort „Opa Hehner" und wirftn Opa sein Fünfer nache. Er mocht uns scho recht vül Freid, unser Sepperl.
Huber: Des glaube! Der wirds no weit bringa, da Sepperl.
Meier: Mir daadma eam gern a Banklehre mocha loussn. Des is wos solids. Mir hamma scho gfragt bei unserer Hausbank, owa de stellnd soweit im Voraus koan ei. De Lehrstell waar ja praktisch erst in vierzehn Johrn aktuell. Und wenn da Sepperl aafs Gymnasium gejt, und do deit alles draaf hi, dann erst in siebzehn Johrn. Des is fei scho a lange Zeit.
Huber: Owa man konnse ned frej gnou drum kümmern!
Meier: Des stimmt, Frau Huber. Überhaupt bei unsern Sepperl. Wou doch der Bou des Geld so gern mog. Sagta ned gestern in da Bank aafamol „Dipo Redit"! Einfach aso. I hob mir denkt, des derf doch ned wohr sa. Sagt des Kind mittndrin „Dipo Redit". So mirnix dirnix. Gell Sepperl!?
Sepperl bohrt weiterhin mit Inbrunst in der Nase.
Meier: Der Mo am Bankschalter hod grouß und kloa gschaut, so baff is der gwen. Wer rechnet denn, dass aso a Kindl aafamol „Dipo Redit" sagt. Kein Mensch!
Huber: Glaubn mechstas ned. „Dipo Redit". Einfach aso. Ejtz mou i scho dumm frogn: Wos bedeit nacha des?
Meier: Dispositionskredit! Des hod er amol ghört, wejma mirs Konto überzogn hamma wegan neia Auto. Und scho hodas intus ghod. Aso a schwaars Wort! Owa er is einfach so gscheit, unser Sepperl. Bsonders im Kreditwesen. Manchmal mousst di direkt wundern. Segt er neilich unser Nachbarin und sagt zu ihr „mäh". Des Wei hod natürlich ned begriffa, wos des bedeit und hod aa „mäh" zu eam gsagt.
Huber: Hahaha! Aso a Gaude. Wos bedeit nacha des „mäh"?
Meier: Des is ganz einfach. Neilich hamma uns mei Mo und i über d'Nachbarin unterholtn. Wejma holt aso schmatzt. Sie hod ja koan Mo, unser Nachbarin, obwohls scho fünfavierzg Johr olt is.

Huber: Ja mei!
Meier: Aaf jedn Fall hod mei Mo gsagt: „De bläde Goaß krejgt eh koan mehr!" Des hod da Sepperl ghört und ejtz moint er natürlich, dass des Wei a Goaß is. Und wenn er's segt, dann schreit er „mäh". Des is natürlich logisch. Da Kinderpsychologe daad sogn, des is a schlüssige Handlung.
Huber: Wahnsinn!
Meier: Gell, des sogn Sie aa. So gscheit is unser Sepperl. Und d'Nachbarin hod des gor gor ned begriffa und hod aa „mäh" gsagt. Mei, wej soll des Wei des wissen.
Huber: Do kinnts wirklich stolz sa aaf des Kind! Ha Sepperl? Du bist vielleicht ein Schlawiner! Aso a gscheits Kind. Ejtz mou i owa hoam zum Kocha. Also, pfiat God, Frau Meier!
Meier: Wiederschaun, Frau Huber!
Huber: *(Mild lächelnd)* Pfiat di, Sepperl!
Sepperl: Muh!
Huber: Worum sagt er ejtza „muh" zu mir?
Meier: *(Hastig, verlegen)* Ah, i hob ejtz an dringenden Zahnarzttermin. Also, wiederschaun!
Frau Meier entfernt sich mit rotem Kopf, an der Hand den laut muhenden Sepperl.

Wir Bayern sind von Natur aus relativ wortkarg. Wir Oberpfälzer insbesondere. „Lousts ma mei Rouh!" ist ein häufig verwendeter oder zumindest gedachter Satz. Sind wir allerdings durch einige Halbe Bier einmal enthemmt, so suchen wir geradezu den Gesprächskontakt zu unseren Mitmenschen. Dann darf es zur Not sogar ein Preuße sein. Wie in der folgenden Szene, in der ein Bayer im Bierzelt einen Preußen ganz alleine an einem Tisch sitzen sieht.

Im Bierzelt

Bayer: Is do no frei, Herr Nachbar?
Der Preuße reagiert nicht.
Bayer: *(Energisch)* Hä!!
Preuße: *(Erschrocken)* Bitte was?
Bayer: Ob do no frei is, Herr Nachbar!
Preuße: Meine Gattin kommt noch. Sie ist nur zur Toilette gegangen.
Bayer: Bei de Weiber dauerts eh awl länger, wals im Stej ned kinnand.
Preuße: Wie bitte?
Bayer: Die Weiber können nicht im Stehen!
Preuße: *(Verlegen)* Haha!
Bayer: Dann sitzame a weng her zu dir!
Preuße: Bitteschön! *(Zur vorbeikommenden Bedienung)* Äh, Fräulein! Bringen Sie mir bitte ein halbes Hähnchen und ein Moas Bier!
Bayer: Mir aa a Mass! *(Zum Preußen)* A Fräulein is des nimmer. Des is scho a olter Scherm!
Preuße: Wie bitte?
Bayer: Ah nix, is scho recht. Packst ebba an holberten Gockl?
Preuße: Wie bitte?
Bayer: Packst du etwa einen halberten Hahn?
Preuße: Ja! Und ein Moas Bier, wie Sie hier in Bayern sagen. Haha!
Bayer: Des is ned zum Locha. Des is nämlich a Kreiz. Bis dass du schaust, host vier, fimf Mass und einen drum Zintara.

Preuße: Wie bitte??

Bayer: Es ist nicht zum Lachen, weil es ein Kreuz ist. Bis dass du guckst, hast du vier, fünf Liter getrunken und einen drum Zünderer. An Rausch im Gsicht praktisch!

Preuße: Aha! Ach, da kommst ja schon mein halbes Hähnchen! *(Zur Bedienung)* Vielen Dank!

Bayer: An guatn! *(Nach kurzer Pause)* Lus: I kenn oan, der wenn an Gockl frisst, do bleibt nix iwa!

Preuße: Was sagten Sie?

Bayer: Alfred hoißta!

Preuße: Wie bitte??

Bayer: Er heißt Alfred!

Preuße: *(Verzweifelt)* Wer heißt Alfred?

Bayer: Der, do wou nix iwableibt, wenn er an Gockl frißt.

Preuße: *(Deprimiert)* Ich verstehe Sie leider nicht. Beim besten Willen.

Bayer: Mit dir dout ma se fei hort. Bist du überhaupt a Deitscher?

Preuße: Na hören Sie mal! Ich komme aus Castrop-Rauxel!

Bayer: Aha! Hammas scho!

Preuße: Wie bitte?

Bayer: Haben wir es schon. Gfolltsda nacha bei uns in Deitschland?

Preuße: Selbstverständlich gefällt es mir in Deutschland. Was soll die Frage?

Bayer: Zum Beispül de Boina, de wos du do herlegst, de frisst da Alfred. Do bleibt vo dem Gockl nix iwa. Da Alfred, der haut den radebuz weg. Da Alfred, des is scho oana, mei Liawa!

Preuße: Es tut mir schrecklich leid, aber ich verstehe beim besten Willen kein Wort!

Bayer: Segst, drum bleib i im Urlaub dahoam. Dahoam is dahoam, des moussta mirka, Chef! Im Ausland bist und bleibst a orme Sau!

Preuße: Wie bitte?

Bayer: Lous bleim, des hod koan Sinn mit dir. Ejtz kimmt eh dei Olte vom Biesln zruck. Boschur Madam! Also, pfiat eich God, all zwoa. An schejn Urlaub wünsch eich no bei uns in Deitschland. Und schejne Griaß dahoam!

Es gibt Dialoge zwischen zwei Menschen, die eigentlich gar keine Dialoge sind. Eigentlich sind es zwei Selbstgespräche, die nebeneinander ablaufen. So wie das folgende Gespräch zwischen Sepp und Kare, die auf der Parkbank sitzen.

Das Gespräch

Sepp: Ha, der Alfons! Tststs, der Alfons. Ned zum glauben.
Kare: I hob mir ejtz a Neis kafft. A Noglneis!
Sepp: Stirbt der einfach! Naa, naa, der Alfons. Stirbt der!
Kare: I hob mir denkt: Kaffst da glei a Gscheits. Na woaßt, wosd host.
Sepp: Zweiundsechzig Johr! Is eigentlich koa Alter. Stirbt der! Zack, weg, aus, Amen. (*Kopfschüttelnd)* Also naa, also naa.
Kare: I hobma denkt, i brauch einfach a gscheits Auto. Wennst sovül unterwegs bist wej i, dann brauchst a gscheits Auto. Do hülft alls nix. Do derfmas Geld ned oschaun.
Sepp: Obwohl, er hod scho z'dou ghod mit sein Herz. Bou, mit da Bumpern wenns amol lousgejt! Na bist verratzt!
Kare: 52 Tausend Mark! Mei, wennst wos gscheits wüllst, mousst zahln. Owa 52 Tausend Mark, des is scho vül Geld. A Haffa Geld is des. 52 Tausend Mark! Mein lieber Schieber!
Sepp: Mitn Herz is ned zum spaßen! Wenns Herz nimmer gejt, gejt nix mehr. Do bist firte. Owa dodal!
Kare: Airbag, alls drin! Elektrische Fensterheber, alls do. Noja, für 52 Tausend Mark derf scho wos drin sa!
Sepp: I hobna vor vierzehn Dog 's letztemol troffa. Gfolln hod er mir gor ned recht. Der hod aso gschwitzt. „Alfons" howe gsagt, „Alfons, wejst du schwitzt!" So hoaß waars nämlich gor ned gwen. Ejer frisch.
Kare: An Bordcomputer hoda aa. Der zoigt alles o. Benzinverbrauch, Außentemperatur, Stadtplan vo Salzburg, der zoigt alles o. Noja, i daad sogn, 52 Tausend Mark san 52 Tausend Mark. Für des Geld, do derf er scho wos ozoign!

Sepp: Mei, hod der gschwitzt. Waar gor ned so hoaß gwen. Solls achtzehn Grad ghod hom. Wer woaß, hodses ghod. „Alfons", howe gsagt, „du bist ned gsund! Dir faahlt ebbs", howe gsagt, „Du schwitzt aso! Dermaßen!" I hob zum Beispül überhaupt ned gschwitzt. Owa da Alfons: wie ein Schwein. Bei achtzehn Grad! Im Höchstfall achtzehn! Ejer wenga.
Kare: A BMW is. Metallic. So grünlich. Fast scho a wenig ins Blaue eine. Owa doch mehr grünlich. Mei Olte hod gsagt: „Ja, wos isn ejtz des für a Forb?" Hahaha! De hod des ned kennt, dass des Metallic is. Omei, Weiber! Keine Ahnung!
Sepp: Is a Schulkamerad vo mir, da Alfons. Mei, is des oana gwen! Der hod umloussn in da Schul. Mei, koa Wunder, do hod eam am Herz no nixe gfaahlt. Der hod umloussn! Mir wennst ned gangst! Ein Hundling is des gwen, der Alfons. Und pumperlgsund!
Kare: An Japaner hejt i aa kaffa kinna. Worum ned?! I hob nix gega Japaner. Naa, do bin i ehrlich: Da Japaner baut schejne Auto! Do gibts nix, schejne Auto. Und technisch is o da Japaner vo Haus aus a Hund, des is bekannt. Bis da Deitsche a weng schaut, hod da Japaner scho an Computer baut. Technisch is da Japaner a Hund!
Sepp: Mei, wenn i zruckdenk: Is des a Gfetz gwen in da Schul. An Lehrer hamma ghod. Mei, wej hod ejtza der ghoißn? Wort, wort a weng, i kimm scho draaf ... hm ... Bock! Bock hod der ghoißn. Da Bock hod awl gsagt: „Alfons" hoda gsagt, „Alfons, di daschlog i no amol!" Schau her, ejtz is'a aso aa gstorm, da Alfons. Hodna da Bock gor ned daschlogn braucha. Da Bock is aa scho lang gstorm. 1970. Oder 1971? I kannts ejtz nimmer sogn. Wennst mi daschlogst, i kannts nimmer gwiss sogn. Owa dout is er scho lang, da olt Bock.
Kare: I hob mir denkt: BMW is BMW! Obwohl da Japaner schejne Auto baut. Der Dings do, do wou awl der Aff in da Werbung kimmt. Genau! Toyota hoißta. Wunderbare Auto, do dou i nix weg. Owa BMW is BMW!
Sepp: Mei, sterbn mejßma alle amol. Is a schejne Leich gwen, de vom Alfons. D'Kriegerkameradschaft, d'Feierwehr, da Obst- und

Gartenbauverein, alls wor do. Da Alfons wor beliebt. Koa Wunder, er hod koan wos do. A Wei wenn er gwen waar, na waar da Frauenbund aa no do gwen. Haha! Schej is gwen! Da Vorstand vo da Feierwehr hod a Rede gholtn. Alle hammand gflennt. Owa na is da Böller kemma. Do hodses grissn! Oan Feierwehrler hejt bold da Schlog troffa.

Kare: *(Erschrocken)* Oläg! Holwe zwölfe is scho! I mou mei Olte vom Zahnarzt holn. I mou furt. Servus Sepp!

Sepp: Für mi wirds aa Zeit. Schej, dassma uns amol wieder in Ruhe unterholtn ham kinna. Gejt holt nix iwa an gscheitn Ratsch!

Es ist richtig, die Kinder zur Wahrheit zu erziehen. Auch wenn es dadurch manchmal zu etwas peinlichen Situationen kommen kann. Zum Beispiel zur folgenden, die ein Kind in einem Schulaufsatz beschreibt.

Die Wahrheit

Auf der Welt gibt es viele Sachen, die wo man nicht tun darf. Man darf zum Beispiel niemanden umbringen oder hauen bis er blutet und Nasenbohren auch nicht. Man darf in der Schule keinen lauten Kopperer tun, nur in der Pause, und wenn man klein ist, darf man zu einem Großen nicht Depp sagen. Erstens ist es eine Beleidigung und zweitens kriegt man eine drumm Schelln. Wenn man als Großer zu einem Kleinen Depp sagt, ist es auch eine Beleidigung, aber eine Schelln kriegt man normal nicht, höchstens wenn der Kleine nasch ist.
Am allerschlimmsten ist das Lügen. Wer als Lebendiger lügt, der kommt als Toter in die Hölle hinab und dort geht es dann rund. Mein Kussar Gottfried ist schon vierzehn Jahre alt. Er geht aufs Gümnasium und weiß darum alles. Er hat es mir erzählt, wie es in der Hölle ist. Da sind viele große Töpfe ohne Deckel und darum sieht man, was drin ist. Nämlich brühend heiße Suppe und als Fleischeinlage ein Mensch, der wo als Lebendiger gelogen hat. Rundum stehen Deifl mit einer Mistgabel und passen auf, dass keiner herauskann. Da ist es dodal wurscht, ob man zum Beispiel ein Scheff ist oder nur ein Hausmeister. Wenn man als Lebendiger gelogen hat, kommt man in die Suppe, da hilft alles nichts. Ich will als Toter nicht hinein, darum sage ich als Lebendiger Tag und Nacht und auch sonst die Wahrheit.
Meinen Eltern gefällt das gut und sie sagen, es gibt nichts Schöneres auf der Welt als wie ein Kind, das immer die Wahrheit sagt. Seit dem letzten Donnerstag ist es anders. Mein Vater hat gesagt, mein ewiges Wahrheitsagen bringt uns noch auf die Gant. Wir besitzen nämlich eine Eigentumswohnung und darin

wohnen wir. Meinem Vater passt sie, aber meine Mutter hat gesagt, dass sie zu klein ist und wir bauen ein Haus und die Eigentumswohnung verkaufen wir recht deier. Ein Mann, der Architekt heißt, hat uns ein schönes Bild gemalt, da ist ein Haus drauf und Bäume und eine Garage mit Auto und ein Hund. Dieses Bild heißt Plan und kostet sechstausend Mark. Meinem Vater und meiner Mutter gefällt das Haus sehr gut, aber sie sagen, es ist saudeier. Dann ist ein Bagger gekommen und jetzt wächst unser neues Haus schon aus der Erde heraus. Am Donnerstag Abend war ein Mann bei uns, der hieß Hütlein und der wollte unsere Eigentumswohnung kaufen. „Eventuell" hat er gesagt. Mein Vater hat zu ihm gesagt, diese kostet 230 Tausend Mark und Herr Hütlein hat gesagt, er zahlt nur 180 Tausend, weil mehr ist die Bude nicht wert.
Da hat mein Vater gesagt, das ist lächerlich, um 180 Tausend verkaufen wir sie nicht, weil es gibt viele Interessenten und die zahlen mehr. Meine Mutter hat gesagt, die Wohnung ist tiptop und außerdem sind wir auf das Geld nicht angewiesen.
Wie ich das gehört habe, habe ich große Angst bekommen, dass mein Vater und meine Mutter in der Hölle in die Suppe müssen, weil sie gelogen haben. Ich wollte sie retten und habe gesagt: „Vater, das stimmt doch nicht! Du hast gestern Abend zu der Mama gesagt, wenn wir nicht einen Blöden finden, der wo uns für die Wohnung nicht mindestens 200 Tausend Mark zahlt, dann geht es dahin und wir können uns das neue Haus an den Hut stecken! Und du hast gesagt, dass im Bad im Eck einer sitzt, der wo Sal Peter heißt und man muss froh sein, wenn ihn keiner sieht!"
Da hat Herr Hütlein gelacht und mein Vater und meine Mutter sind blutrot geworden. Herr Hütlein hat gesagt, er hat sich vertan, weil er wollte eigentlich 150 Tausend sagen, nicht 180 Tausend.
Wie es weitergegangen ist, weiß ich nicht, weil meine Mutter hat mich am Arm gepackt und ist mit mir im Galopp in mein Zimmer gegangen. Sie hat gesagt, da soll ich bleiben, bis ich schwarz werde, weil uns mein dummer Schmaatz ein Vermögen

kostet. Dann hat sie noch gesagt: „Wen Gott strafen will, dem schickt er einen solchen Holzkopf wie dich!"
Das verstehe ich einfach nicht. Anstatt, dass meine Eltern froh sind, weil sie nicht in die Hölle müssen, heißen sie mich einen Holzkopf. Aber mir soll es recht sein. Wenn sie meinen, dass man lügen darf, dann sollen sie halt. Sie werden es schon sehen. Spätestens, wenn wir alle tot sind. Da sitze ich dann im Himmel und schaue auf sie hinunter in die Hölle, wie sie im Topf sitzen und rundum sind Deifln mit Mistgabeln. Dann beiße ich von meinem Manna ab und lache sie aus. Und dann merken sie, dass ich kein Holzkopf bin. Aber dann ist es zu spät.

D'Oma hod Geburtstag

Wos is schej und wos kimmt deier?
A richtige Familienfeier!
D'Oma wird heit achtzig Johr olt
und alle kemmand – d'Oma zohlt.
De Feier wird bestimmt ganz nett,
wal d'Verwandtschaft is komplett.
Alle wolln ihr d'Ehre gebn,
aa de vier Schulkameraden, de no lebn.
Da Achzger is a runde Gschicht,
drum is a drumm Büffett hergricht,
und vo de sechzehn Enklkina
krejgt a jeds a worms Boor Wiener.
„Mei is des schej und wos des kost!"
sogns alle, „Bravo, Oma, prost!"

Da Neffe Paul vo Paderborn
is extra heit aaf Bayern gfohrn,
Pralinen hod er ihr mitbrod,
des hülft ihr nix, wals Zucker hod.
Und aa den Pressog mit fünf Pfund Gwicht
konns ned essn – sie hod d'Gicht!
D'Tochter kimmt vo Geretsried
und bringt ihr zwoa Pfund Pfirsich mit.
„Omei Kind, hejst des Göld holt gsport,
aaf Obst mou i dauernd am Abort,"
sagt d'Oma a wengerl deprimiert
walsase fast a weng geniert.

Grod wejs a Semml in Kafä eidunkt
kimmt da erste Höhepunkt,
wals Enkerl Jennifer, des is so brav
und sagt ejtz a Gedichtl aaf!
„Liebe Oma", sagts, „i bin so frei",
und dann follt ihr nix mehr ei.

Sie fangts Flenna o vor lauter Nout,
ihra Muada wird vor Zorn ganz rout,
sie schaut hi zu ihran Mo
und d'Jennifer flennt awl no.
„Drei Wocha hamma ejtz trainiert,
dass uns des Kind heit ned blamiert!
Gestern hods jeds Wort no kennt
und ejtz stejt do wej a Depp und flennt.
Also wirklich, Jennifer,
hörs flenna aaf und hockde her!"

Des Kind is ejtz dodal verstockt,
schütt sei Limo um und bockt.
Owa beim Trinka und beim Essn
is des Debakel bold vergessn.
De Feier kimmt schej staad in Schwung,
da Paul sorgt für d'Erinnerung.
„Oma" sagta, „ejtza loch,
wal i vo dir a Foto moch.
Rundum ume d'Enkelschar,
mei, des Büld wird wunderbar!
Oma, aa wennst scho recht schwitzt,
loch no weida, es hod ned blitzt!
Hä, ehs Enkln do hervorn:
Hörts sofort aaf zum Nosnbohrn!
Jennifer, ejtz gib an Rouh,
Oma, moch holt d'Augn ned zou!
So, ejtz passts , ejtz bleibts aso",
sagt da Paul, dann druckta o.

Mei, wej schnell dass d'Zeit vergejt,
noch zwoa Stund wird d'Oma mejd.
'S Büffett konnma ejtz vergessn,
wal d'Verwandtschaft is verfressn.
Bloß vom Solod a zrissns Blattl
und vo da Zungenwurscht a Radl

is alls, wos umanandaliegt,
sogor d'Garnierung hammands gmigt.
„Dankschej, Oma, heit wors schej,
owa ejtza mejßma gej.
Rouh di aus und leg di nieder,
beim Neunzigsten sengma uns dann wieder!"
sagt da Paul vo Paderborn,
er hod acht Weißbier, 's Wei mou fohrn.
„Oma" sagt d'Jennifer, „vielleicht
sengma uns scho eher aaf deiner Leich!"

Im Alltag kommt es tausendfach zu zufälligen flüchtigen Begegnungen. Ein Gespräch ergibt sich dabei selten, aber man macht sich so seine Gedanken. So auch der Paul, ein Mann im besten Alter, verheiratet, drei Kinder. Er sitzt alleine im Straßencafe, vorsichtshalber ohne Ehering, und genießt sein gemischtes Eis mit Pils, als sich eine atemberaubende Blondine zwei Tische von ihm entfernt hinsetzt. Was sich daraufhin unhörbar, aber intensiv ereignet, ist …

Das stumme Gespräch

Paul: Ja mi host ghaut! Ja mi läckst! Aso a Super-Weib! Wej olt wird de sa? Dreiazwanzge? Vierazwanzge? Fünfazwanzge? Und der Rock! Sowos vo kurz! Und de Fejß! Sowos vo lang! Uiuiuiui, i glaub, i wia narrisch, ejtz schauts her zu mir!
Sie: Ejtz konn i mi in de pralle Sun setzn, wal der Depp do eantn unterm Sonnenschirm sitzn mou. Worum schaut denn der so bläd uma zu mir? Hods der ned alle?
Paul: Guat, dass i heit mei routs Kappl affhob. Do segtma erstens mei Plattn ned und zwoatens schauts überhaupt flott aus. Wej de herschaut! Mi beidls direkt o, aso schaut de her. Guat, i moin, i schau natürlich ned schlecht aus. Des mou i objektiv sogn. Und de junga Deandln souchand heitzutogs Manner mit Erfahrung, des is bekannt. So gseng is koa Wunder ned, dass's herschaut zu mir. Ejtz wenns no a Waal herschaut, na loch i hi. Do kenn i nix!
Sie: Der schaut awl no so bläd. Also, der Verkäufer, der wej eam des Kappl verkafft hod, der mou a Genie sa. Aso ein Idiotendeckl! *(Sieht sich um)* Wou bleibt denn bloß d'Bedienung?
Paul: Glei loch i hi. De wenn no weida herschaut zu mir, nacha loch i hi. Saxndi, ejtz isma a Batzn Eis aafs Hosntürl affegfolln vor lauter Hischaun. *(Schwärmerisch)* Omei, Deandl, aa wenn i dir gfoll: Ejtz is z'spät. I bin verheirat, hob drei Kinder und an Bandscheibnvorfall. Vor zwanzig Johrn wennst kemma waarst, dann hejst a Chance ghod. Obwohl, vor zwanzig Johrn, do worst ja erst drei oder vier Johr olt, des waar aa a Schmarrn gwen.

Sie: Ejtz is eams Eis owegfolln, dem Blädl. Ejtz hoda wenigstens wos zum dou, wal er sei Hosn putzn mou. Na konn er ned dauernd zu mir hergaffa. Der soll ned sovül Eis essn, hod eh a drumm Wampn dran. Mensch, ejtz is mir da rechte Fouß eigschloffa.

Paul: I wia narrisch! Ejtz hods d'Fejß iwaranandagschlogn und i hobs gseng. I hob einiges gseng in mein Leben, owa sowos hob i no ned gseng. Mensch, is der Rock kurz! A weng anderst wenn i sitzn daad, dann segert i no besser hi. Der scheiß Sonnenschirm stört. De wüll mi reizn! I kenn des, de wüll mi reizn aaf Deifl kimm aussa. Des hob i im Urin. Omei, Deandl, des hülft alles nix. I bin leider nimmer frei.

Sie: Ejtz wenn der no länger so saudumm herschaut, na gej i. Bedienung kimmt eh koane. Softlodn! Wahrscheinlich is des a überbliebna Junggsell, der wejn ganzn Dog bloß in da Stod umanandalurt. Dassa ned normal is, des segtma scho do dran, dass er zum Eis a Bier trinkt. Pfui Deifl!

Paul: Wahrscheinlich hods grod Schluss gmocht mit ihran Freind. Des wird irgend aso a junger Hupfer sa ohne Göld und ohne Charakter. Dawischn wennen dou, nacha batz i eam oane! Aso ein Hundling! Ejtz souchts an reifn Mo, der wejs verwöhnt. Des hod aso a Superfrau aa verdejnt. I kannt ihr scho wos bietn. Ned bloß körperlich, aa materiell. I moin, mei Wei und meine Kinder, de mejßert ma natürlich vorübergehend ausklammern. De kannt derweil aaf Kur gej. Do gibts so Heime, do konnma d'Kinder mitnehma. Regeln lousstse alls, wennma wüll. Wej wirds denn hoißn, des Deandl? De hod bestimmt an schejn Nam. Gaby? Carina? Sonja? Oder gor Jennifer? *(Stutzt)* Ja, wos is ejtz des für oana?

Ein sehr attraktiver, schlanker, blonder, junger Mann kommt zur Blondine an den Tisch und gibt ihr einen Kuss auf die Lippen.

Mann: Griaßde, Berta-Maus!

Paul: Ha! De zwoa, de passnd zamm! Blond und bläd! Irgendwej hob i glei kennt, dass des koa Gscheide is!

Wenn sich zwei junge Menschen kennen und lieben lernen, ist das sehr schön. Etwas schleppend verläuft oft die Kontaktaufnahme zwischen den Eltern der Betroffenen. Wenn der Vater der Braut aus Altbayern, der des Bräutigams aber aus dem nördlichen Norddeutschland kommt, können auch noch Verständigungsprobleme hinzukommen. In der nachfolgenden Szene treffen sich die beiden zwar deutschen, aber verschiedensprachigen Väter im Wirtshaus zwecks gegenseitigem Kennenlernen.

Die Hochzeit

Preiß: Guten Tach, Herr Gmeindner! Schulze ist mein Name!
Bayer: Griaßde Schulze! I bin da Kare.
Preiß: Ach, der Karl! Ja, dann bin ich natürlich nicht der Herr Schulze für dich, sondern der Heiko.
Bayer: Ja mi host ghaut, is des a greislicher Nam.
Preiß: Wie meinst du, Karl?
Bayer: Ah, nix. Also, dei Bou wülls praktisch packa?
Preiß: Was sagtest du, Karl?
Bayer: Dein Bube will also praktisch unsere Wettl packen, heiraten quasi. Dein Bube unsere Wettel.
Preiß: Nein Karl! Die Babette will er heiraten!
Bayer: Des is doch de gleich! Mir hoißmas holt dahoam Wettl.
Preiß: Wie bitte, Karl?
Bayer: Mir sagen zu der Babette Wettel daheim.
Preiß: Ach, wie originell!
Bayer: Ja mei. Mir sognma holt aso. Und? Wos is dei Bou überhaupt für oana? Rauchta, saffta, weibert er?
Preiß: Wie meinst du, Karl?
Bayer: Ob dein Bube gesund ist.
Preiß: Selbstverständlich! Kerngesund!
Bayer: Aha. Noja, immerhin. Und? Wos treibt er aso'n ganzn Dog?
Preiß: Was er treibt? Wie meinst du das, Karl?

Bayer: Ja sog amol, hörst du ebba schlecht? I mou alls zwoamol sogn zu dir. Wos er für an Beruf hod, dei Bube!

Preiß: Er ist Revisor.

Bayer: Is des mehra wej Feldwebl?

Preiß: Aber Karl! Du bist mir vielleicht ein Witzbold. Er ist Revisor bei der Bank. Er prüft dort die Kasse.

Bayer: Aso, a Kassnprüfer! Ja, konn denn der do lebn davo? I bin zum Beispiel Kassenprüfer vom Eisstockverein und krejg koan Pfenning dafür.

Preiß: Das ist etwas anderes, Karl. In einem Verein ist man natürlich ehrenamtlich tätig, mein Kai-Uwe dagegen ist natürlich hauptamtlicher Revisor.

Bayer: Noja. Sechane mouss aa gebn.

Preiß: Wie bitte?

Bayer: Solcherne muss es auch geben. Owa ejtz amol im Ernst. Hod dei Bou überhaupt Grind?

Preiß: Wie meinst du, Karl?

Bayer: Ob dein Bube Gründe hat.

Preiß: Gründe? Welche Gründe? Gründe wofür?

Bayer: Zum Baun! Hod er Baugrind?

Preiß: Ach, du meinst Baugrundstücke! Nee, hat er nicht.

Bayer: Des is schlecht.

Preiß: Er besitzt jedoch ein Aktienpaket im Wert von 100 Tausend Mark.

Bayer: Des is guat.

Preiß: Und zwar in erster Linie Brauereiaktien.

Bayer: Des is ganz guat! I segs scho kemma, des kannt wos werdn mit uns zwoa.

Preiß: Das will ich doch meinen! Mein Kai-Uwe und deine Babette lieben sich doch sehr.

Bayer: Oans mousst dir mirka, Heino ...

Preiß: Heiko heiße ich! Heiko!

Bayer: Oans mousst dir mirka, Heiko, Liebe vergeht, Bargeld besteht!

Preiß: Hahaha! Das ist wohl ein typisch bayerischer Spruch?

Bayer: Des is koa Spruch, des is a Tatsach!

Preiß: Ach so. Aber ein Aktienpaket über 100 Tausend Mark, das ist doch auch schon was. Oder Karl?
Bayer: Des möchte i moina. Owa, dass di ned deischt: Mei Wettl krejgt aa 40 Tausend Mark mit. Und vier Dowa Wold! Und d'Houzat zohl i, dass do nix faahlt.
Preiß: Wie bitte?
Bayer: Die Hochzeit zahle ich, dass da nix feilt!
Preiß: Aber dann zahle ich die Hochzeitsreise. Da bestehe ich darauf!
Bayer: Do brauchst ned bstej draaf. De zohlst du aso und aso. Hoffentlich kimmts recht deier!
Preiß: Was sagtest du, Karl?
Bayer: Es ist schön, dass du die Hochzeitsreise zahlst. Also, i segs scho: Obwohlst a Preiß bist, mit dir konnma hampern!
Preiß: Ach Karl, ich verstehe dich so schlecht. Was sagtest du?
Bayer: Prost, Heino!
Preiß: Heiko heiße ich!
Bayer: Des is ejtz aa scho wurscht. Also, prost Heiko!
Preiß: Prost, Karl!

Viele Männer wissen den Termin für wichtige Fußballspiele schon Wochen im Voraus. Auch nach dem Spiel kann man sich noch lange daran erinnern, welcher Schütze wann welches Tor erzielt hat. Wenn man derlei wesentliche Ereignisse im Gehirn abspeichern muss, kann es natürlich vorkommen, dass für andere Sachen kein Platz mehr ist und etwas in Vergessenheit gerät, zum Beispiel …

Der 38. Geburtstag

Sie: Du Spotzerl, übermorgn hob i fei Geburtstag!
Er: A gej! Wüllst ebba dein Hunderter glei?
Sie: Also, du bist vielleicht ein unromantischer Mensch! Du kannstda aa amol a schejns Gschenk eifolln loussn! An Hunderter schenka! Des konn doch jeder!
Er: A jeder schenkt dir owa koan, bloß i Depp!
Sie: Also du bist direkt gemein! Du woaßt einfach ned, wos a Frau für Wünsche hod.
Er: Koa Wunder, i bin o koane!
Sie: Des woaß i aa. Owa a weng mehr Interesse kannst scho hom. Woaßt wos i glaub? I glaub, dassd ned amol woaßt, wej olt dass i wia.
Er: Hm … knappe vierzge, daad i sogn.
Sie: Des derf doch ned wohr sa! Du mousst doch des genau wissen, i bin doch dei Frau. Achtunddreißig wia i, ned knappe vierzig. Mirkta des!
Er: Do schau her! So jung bist du no. Glauben möchstas ned. Des glangt doch, wennstas du so genau woaßt. Dass du awl älter wirst, des seg i aso aa.
Sie: Des segst du ned, wal i mi pfleg, dass i guat ausschau. Owa dass du awl älter wirst, des segt a jeder. Schaude amol o: Ned rasiert, ned kamplt, zwischn de Zähn hängt dir a Fetzn Schinknwurscht und d'Wampn wird aa awl grejßa!
Er: Koch ned sovül, dann iss i ned sovül!

Sie: Dass i ned loch! Ejtz waar i schuld, dass du so wampert bist. Des Essn, des wos i koch is des ned, wos di aso auseinandertreibt. Des san de Pommes und de Wurschtbrouda und des Weißbier, wos du nochn Abendessn no einehaust. Vo de Mohrenköpf wüll i gor nix sogn. Dann liegst aaf da Couch wej aafblosn und reckst deine Haxn in d'Hej. Ejtz wird dir bold außer dein grauer Jogginganzug nix mehr passn. Nacha konnst Dog und Nacht mit dem umanandarenna!
Er: Ja, waars dir vielleicht lejwa, i waar zaudirr und krank?
Sie: So ein Schmarrn! A jeder Dirrer is doch ned krank!
Er: Owa gsund aa ned! Zum Beispiel da Kare. Da Kare hod bloß zweiundsiebzig Kilo, also der is echt dirr. Und trotzdem hod er a Quax am Bugl!
Sie: Du woaßt awl wieder wos. Mit dir kanntma wirklich narrisch wern. Owa ejtz lenk ned dauernd o! Wos is ejtza mit mein Geburtstag? Lousst dir ejtz a Überraschung eifolln?
Er: Zu dein fünfunddreißigsten Geburtsdog hob i mir aa a Überraschung eifolln loussn. Nacha hodsda ned passt! Nacha host gsagt, dass i a Gfühl hob wej a Ster Holz und dass i um koa Fünferl romantisch bin.
Sie: Also, des möcht i scho wissen, wos an fünfunddreißig Rosswürscht romantisch is. Fünfunddreißig Rosswürscht! I derf gor ned drodenka!
Er: Owa du issta's doch so gern! Romantisch wors vielleicht ned grod. Owa a Überraschung! Des mousst zougebn.
Sie: A Überraschung wors scho, und wos für oane! Owa so oane hob i mir ned gwünscht. A Überraschung, des waar zum Beispiel a Ring.
Er: A Ring Fleischwurscht?
Sie: Doch koa Fleischwurscht! A goldener Ring oder a golders Ketterl! Owa af sowos kimmst du Lackl natürlich ned.
Er: Nacha is dir der Ring zkloa, na hamman Dreg. Na hob i an Haffa Göld ausgebn und du mochst a Gsicht. Außerdem host an Ehering, der glangt doch überoll hi.
Sie: An Ehering! Schau dir d'Hildegard o! De hod aa an Ehering. Und trotzdem hods vo ihran Mo scho acht Ringe und zwoa Ormreifn krejgt. Des is holt a Kavalier!

Er: Jamei. Dem Blädl is ned zum hülfa!

Sie: Do segtmas wieder, wos du für oana bist! Wenn oana seiner Frau a richtige Freid mocht, dann is er für di a Blädl. (*Weinerlich*) Frejer bist ganz anderst gwen. Do host mir an jedem Geburtsdog a Liebesbrejferl gschriebn.

Er: Ja, is dir a Brejf lejwa wej a Hunderter? Des is kein Problem! Na schreib i dir an Brejf und bholt mir mei Göld.

Sie: Du wüllst mi einfach ned verstej! Du hörst awl genau des, wos du hörn magst. Wennst an Funkn Anstand hättst, dann hättst mi scho lang noch meiner Ringgröße gfragt!

Er: Also guat, wos host denn nacha für a Ringgrejß?

Sie: Ejtz brauchst mi aa nimmer frogn! Ejtz is doch koa Überraschung mehr, wennes vorher scho woaß.

Er: Mit dir doutmase fei hort! Du woaßt ned, wos du wüllst. Koa Göld wüllst ned, koan Ring wüllst ned, koa Rosswurscht, koan Brejf. Wos wüllst denn nacha? Umso älter wejst wirst, umso söltsamer wirst.

Sie: Ja follt denn dir gor nix ei?

Er: Ja, und wenn i dir anstatt hundert Mark zwoahundert Mark gebn daad?

Sie: Dann passts!

Im Zeitalter der Gentechnologie scheint nichts mehr unmöglich. Vielleicht klingt das folgende Gespräch heute noch utopisch und lächerlich. Aber wer weiß? In ein paar Jahren könnte es Wirklichkeit sein. Hoffentlich aber nicht!

Das Wunschkind

Berater: Verehrtes Ehepaar, liebe zukünftige Eltern! Sie sind heute zu uns in die staatliche Samenbank gekommen, weil Sie sich ein Kind wünschen. Sie wissen ja, wir haben Dank unserer Forschung heute die Möglichkeit, praktisch ein Wunschkind zu liefern und Ihnen, gnädige Frau, einzupflanzen. So kommt zum erfreulichen steuerlichen Vorteil auch noch der optische Genuss!

Gatte: Wos?

Gattin: Ach, des verstejst du ned! *(Zum Berater)* Wos hams nacha so do?

Berater: Zunächst zum Grundsätzlichen: Soll es denn ein Knabe oder ein Mädel werden?

Gatte: A Bou! Aaf jedn Fall a Bou!

Gattin: Ja! Ein Knabe sollte es schon sein.

Gatte: Und Schofkopfa soll er kinna!

Gattin: Ach, du awl mit dein Schofkopfa. Des is doch wurscht, ob er Schofkopfa konn oder ned. Des is doch ned so wichtig.

Gatte: Ned so wichtig? Ned so wichtig?? Haus und Hof verspülta, wenn er ned gscheit Schofkopfa konn. A orma Hund wirda. Beim Dorfwirt, do wortns grod aaf so Deppn, de wej ned Schofkopfa kinnand. De nehmands dann aus wej a Weihnachtsgans. Des möcht i mein Boum dasporn!

Gattin: Also guat, dass a Rouh is. Meinetwegn soll er Schofkopfa kinna. Owa zerst amol gejts doch ums Ausschaun.

Gatte: Wos ausschaun? Wej i solla ausschaun, des is doch klar!

Gattin: Um Gottes Wülln! Des orme Kind! Bloß ned! *(Zum Berater)* Naa, Herr ... Herr Ding ... schreibns aaf: An Meter fünfadachzig soll er grouß werdn, schlank, schworze Hoor.

Gatte: Nacha schauta owa mir ned gleich. Nacha schauta eigentlich dodal anderst aus wej i.

Gattin: Gottseidank, wal sunst krejgert er gwiss koa Wei. Glangt scho, wenn oana umanandrennt, der wej aso ausschaut.

Gatte: So ein Schmarrn! Halt, ejtz follt mir no ebbs wichtigs ei! *(Zum Berater)* HB soll er raucha!

Gattin: Spinnst ejtz? Worum HB? Der soll doch raucha, wos er mog.

Gatte: Naa! I rauch doch aa HB. Und du woaßt ganz genau, dass mir oft d'Zigrettn ausgengand. Na konn mir da Bou ab und zu oane leiha. Bloß leiha, i gib eams dann scho wieder.

Gattin: Nix do! Du rauchst eh z'vül! Naa, raucha soll er ned.

Gatte: *(Bockig)* Na brauchma glei koan Boum, wenna ned raucht. Na brauchma glei koan.

Gattin: Ach, sei staad ejtza! *(Zum Berater)* A guada Sportler solla werdn! Owa ned Fußball, wal do mou i dann dauernd de dreckign Sachen woschn.

Gatte: Und Wattn! Wattn soll er kinna! *(Zum Berater)* Schreibns aaf: unbedingt Wattn!

Gattin: Worum ejtz Wattn aa no? Glangt denn des Schofkopfa ned? Wüllst du an Boum oder wüllst an Berufskortnspüler?

Gatte: No, woaßtas doch, wejs awl is, wenn mi da Sepp und da Hans bsuachand. Dauernd faahlt uns a vierter Mann zum Wattn. Naa, wattn mou er unbedingt kinna, sunst mog i koan. Sunst mog i lejwa a neis Auto.

Gattin: Also guat, Wattn aa no, dass a Rouh is.

Gatte: Ned dass a Rouh is, sondern dassma mir an viertn Mann hamma!

Gattin: Ja, is scho recht. *(Zum Berater)* Owa nacha glangts! Des waar dann alles. Kanntns bitte nomol vorlesn, dassma nix vergessn hamma!

Berater: Also, folgendes habe ich mir notiert: Ein Knabe, ein guter Schafkopfspieler …

Gatte: *(Unterbricht ihn)* A ganz a guada! Schreibns: „Ein ganz ein guter!“

Berater: Also ein ausgezeichneter Schafkopfspieler!

Gatte: Des is guat! „Ausgezeichnet“ is guat. *(Zur Gattin)* Der Mo kenntse aus!
Berater: Ich danke! Ich darf fortfahren: ein Meter fünfundachtzig groß, schlank, schwarze Haare, Nichtraucher …
Gatte: *(Unterbricht wieder)* HB! HB!
Gattin: Nichtraucher!
Berater: *(Mit einem Achselzucken in Richtung Gatte)* Also Nichtraucher. Sportlich, aber nicht Fußball. Watten soll er können.
Gatte: „Wattn“ hoißt des, ned „Watten“!
Berater: Pardon! Wattn soll er können. So, ich hoffe, ich habe nichts vergessen.
Gattin: Ja, des waars dann. Des mejßert passn.
Gatte: In Gotts Nam, dann holt an Nichtraucher. Jawoll, des waars nacha!
Berater: Gut. Gnädige Frau, dann kommen Sie bitte in einer Woche vorbei, damit wir die Einpflanzung vornehmen können.
Gatte: I aa?
Berater: Nein, Sie werden dabei nicht benötigt!
Gattin: Wer wird denn di scho braucha!
Gatte: I moin o bloß. *(Sinnierend)* Also, praktisch is des scho, aso a Wunschkind zum bstelln. Owa trotzdem, i woaß ned recht: Irgendwej wor des Eipflanzn freja aa ned schlecht!

Kinder sehen uns meist anders, als wir uns selbst sehen. In meinem letzten Buch habe ich einen kleinen Knirps einen Aufsatz mit dem Titel „Mein Vater“ schreiben lassen. Im Rahmen der Gleichberechtigung heißt die nachfolgende Geschichte …

Meine Mutter

Wenn man geboren wird, hat man sofort eine Mutter, weil ohne diese geht es nicht. Einen Vater braucht man nicht unbedingt, aber die meisten haben einen.
Meine Mutter ist nicht groß und mein Vater sagt zu ihr „liebe Hilde“, wenn ein Besuch da ist. Wenn kein Besuch da ist, sagt er „Hä“ oder „Stumperl“, weil sie so klein ist. Dann lacht er immer und sie nicht. Mein Vater kann fast überhaupt nichts, nur Geld verdienen, aber meine Mutter kann alles: Waschen, Nähen und Schnitzel braten. Andere Sachen kann sie auch, aber ich mag nur Schnitzel.
Einmal hat meine Mutter gesagt, ich muss auch etwas anderes essen, zum Beispiel einen Spinat. Ich habe gesagt, vor diesem graust es mir, weil er ausschaut wie ein Gänsedreck und schmecken tut er auch so ähnlich. Da hat meine Mutter geschimpft und gesagt: „Wenn du immer bloß Schweinernes isst, schaust du bald selber aus wie ein Schwein!“ Aber lieber mag ich ausschauen wie ein Schwein als wie einen Spinat essen, der wo ausschaut wie Gänsedreck. Da hat meine Mutter gesagt, dass ich der gleiche Dickschädel bin wie mein Vater.
Eigentlich ist meine Mutter in Ordnung, aber sie kann sich nichts merken. Einmal ist Tante Irma zum Kaffeetrinken gekommen und Mama hat zu ihr gesagt, dass sie immer schlanker und schöner wird und Tante Irma hat sich recht gefreut und die Sahne hat ihr gleich noch besser geschmeckt. Als sie nach einer Stunde wieder weg war, hat Mama nicht mehr gewusst, dass Tante Irma immer schlanker wird und sie hat zu Papa gesagt: „Die Irma geht immer mehr auseinander und ist bald breiter wie hoch!“

Beim Gewand kann sich meine Mutter auch nichts merken. Einmal musste sie auf eine Hochzeit und sie hat gesagt, dass sie nichts zum Anziehen hat. Das ist direkt zum Lachen, weil in ihrem Schrank im Schlafzimmer hängen neun Kleider, die gehören alle ihr. Aber das hat sie wahrscheinlich nicht mehr gewusst. Obwohl sie so viele Kleider hat, schaut sie immer Kataloge an und sagt: „Dieses Kleid wäre schön!“ Dann sagt Papa, dass es ein Wahnsinn ist und dass eine Frau sogar einen Kartoffelsack anziehen würde, wenn irgendein Depp sagt, dass es Mode ist. Ich bin froh, dass ich keine Frau bin, weil dann brauche ich nicht soviel Geld für Kleider ausgeben und für einen BH auch nicht.

Manchmal streiten sich mein Vater und meine Mutter. Meistens muss die Mama alleine fertigstreiten, weil mein Vater nicht mehr mittut und lieber ein Weißbier trinkt und bockt. Wegen dem Urlaub streiten sie oft, weil meine Mutter mag auf Mallorca und mein Vater auf Zwiesel. Immer wollen sie etwas verschiedenes. Meine Mutter mag ins Theater gehen und mein Vater ins Bett. Mir ist es wurscht, wo sie hingehen, Hauptsache ich kann in Ruhe einen Gruselfilm anschauen und Chips essen.

Meine Mutter kümmert sich um alles, auch um das, wo sie sich gar nicht kümmern braucht. Sie sagt zum Beispiel am Tag 34mal zu mir, ich soll mir schneuzen, obwohl es meine Nase ist und nicht ihre. Und sie sagt zum Papa ungefähr 19mal am Tag, er soll sich kampeln, obwohl es seine Haare sind und er hat eh so wenig.

Wenn ein Besuch kommt, malt sich Mama die Lippen an und backt einen Kuchen. Wenn der Besuch da ist, muss ich ein weißes Hemd anziehen und ich darf den Kuchen nicht mit der Hand anlangen, weil wir besitzen eine Kuchenschaufel. Diese ist viel kleiner als eine normale Schaufel und silbern.

Wie das letzte mal Tante Irma da war, hat sie drei Kuchenstücke gegessen und ich habe gesagt: „Tante Irma! Iss nicht soviel, weil die Mama hat gesagt, dass du bald breiter bist wie hoch!“ Da ist Tante Irma ganz käsig geworden und hat anstatt einen Zucker einen Süßstoff in den Kaffee getan. Meine Mutter ist nicht käsig geworden, sondern rot und ich habe sofort in mein Zimmer gemusst. Aber das hat mir nichts ausgemacht, weil Tante Irma ist eh langweilig. Sie erzählt immer das Gleiche: Dass sie Krampfadern hat und ihr Hund Würmer. Sie ist dann bald gegangen und meine Mutter hat mich wieder aus dem Zimmer geholt. Sie hat gesagt, dass ich ein elender Fratz bin, aber dass sie mich lieb hat.

Ich habe meine Mutter auch lieb und eine andere möchte ich nicht.

Der Ehestreit

Sie: Du Spotzili! Bist du eigentlich glücklich mit mir?
Er: Dodal!
Sie: Ehrlich? So richtig voll glücklich?
Er: Voll!
Sie: *(Schwärmerisch)* Mei, is des schej!
Er: Gell!
Sie: Gibts gor nix, wos dir an mir ned passt?
Er: Nix!
Sie: Bin i dei Traumfrau?
Er: Eh klar!
Sie: Des kanntst fei ruhig öfter sogn! A Frau hört des gern.
Er: Du bist mei Traumfrau. Du bist mei Traumfrau. Du bist mei Traumfrau.
Sie: Omei, schej! Is des wirklich wohr, Spotzili?
Er: I daads ned sogn, wenns ned wohr waar. Des is so wohr, wohrer gejts gor ned.
Sie: Is des schej, wennst du des aso sagst. Gibts wirklich nix, wos dir an mir ned passt? Ned amol a Kleinigkeit?
Er: Null komma nix! Kannt ned besser passn.
Sie: Wenns irgendwos gibt: Sogs fei! I bin dir überhaupt ned bejs. Wennma se gern hod, dann derfma se alles sogn. Des ghört zu da Liebe dazou!
Er: Naa, eigentlich passt alles!
Sie: *(Erschrocken, argwöhnisch)* Eigentlich? Wieso eigentlich? Also gibts doch wos, wos dir an mir ned passt!?
Er: Naa, vergiss's! Is doch gor ned da Rede wert.
Sie: Wos nacha? Wos is ned da Rede wert? Ejtz wülles wissen!
Er: Is nix schlimms. Eigentlich isma wurscht. Es passt ja alles. Vergiss's einfach und aus!
Sie: Nein, ejtza sogs! I bin doch dei Frau, i mou des wissen.
Er: Noja, wennst unbedingt moinst: Vielleicht kaffst a bisserl z'vül Gwanda. Vielleicht. Owa eigentlich isma des sowieso wurscht. Vergiss's!

Sie: Wos? I und z'vül Gwanda? Akkrat i? Wej kimmst denn do draaf? Also, Spotz, des is fei ejtz wirklich ein totaler Schmarrn. I und z'vül Gwanda! Dasse ned loch! Hahaha.
Er: I hob ja gsagt: vielleicht. Redma nimmer drüber.
Sie: Naa, des möcht i ejtza scho genau wissen. Worum moinst du, dass i z'vül Gwanda kaaf?
Er: Worum host denn gestern zum Beispiel zwoa neie Bikini kafft? Host doch eh scho zwoa. Und ins Freibad gejhst vielleicht zwoamol im Johr. Und ins Wosser gejhst sowieso nie, wals di allaweil aso obeidlt, dass'd a Gänshaut krejgst. Und außerdem wernd deine Hoor so dadätscht.
Sie: Vergunst du mir vielleicht de zwoa Bikini ned oder wos?
Er: Um Gottes Wülln! I vergundas scho. Vo mir aus host du zehn Bikini. I sog ja bloß. Owa amol ehrlich: Wos wüllst denn mit sovül? Du host doch aa bloß oan Orsch und zwoa Busn zum einedou. Do daad doch oana glanga.
Sie: Do segtmas wieder, dass du keine Ahnung host. Vielleicht is da olte nimmer modern? Na brauch i an neia. I spor sowieso, wou i konn. *(Weinerlich)* Owa i wüll doch aa ned daherkemma wej da letzte Trampl. Do möcht i di dann hörn, wos du sogn daast, wenn i daherkammad wej da letzte Trampl. Do möcht i di hörn!
Er: Mei Muada hod ihra ganz Leben bloß oan Badeanzug ghod. Und de is aa koa Trampl, dassdas woaßt!
Sie: Dei Muada, dei Muada! Wenne des scho hör. Des is wieder typisch. Dei Muada, des is a Heilige für di. De sport, de is fleißig und de mocht de bestn Semmelknödel aaf da ganzn Wölt.
Er: Genau! Bessere wej du aaf jedn Fall!
Sie: *(Keifend, hysterisch)* Des is eine Gemeinheit! Worum host denn dann mi gheirat und ned dei Muada? Hättstas doch gheirat. Nacha hätts dir Semmelknödel kocha kinna, bis di zreißt. I konns echt nimmer hörn. Du und dei Muada! Loussts eich doch eibalsamiern, du und dei Muada. Sie in ihran oltmodischn Badeanzug und du mit an Semmelknödel im Maal!
Er: Ejtz regde doch ned aso aaf! Du wolltst doch unbedingt wissen, ob mir wos ned passt. Ejtz woaßtas. Außerdem san mir

deine Bikini dodal wurscht. Vo mir aus kaffst du Bikini, bis'n Kleiderschrank zreißt. Do host zwanzg Mark, na konnsta glei no oan kaffa!

Sie: Zwanzg Mark? Zwanzg Mark? Ja sog amol, spinnst du? Um zwanzg Mark krejg i ned amol a Badekappn! A gscheida Bikini kost heitzudogs mindestens hundert Mark!

Er: Worum mou a Bikini gscheit sa? Der braucht doch ned studiern.

Sie: Deine blädn Witze konnsta sporn. Owa du host ja vo Haus aus koa Ahnung. 's Oinzige, wos du woaßt is, wos a Pfund Lewakaas kost und a Weißbier.

Er: Hundert Mark? So deier san de Fetzn? Mei Sunntahosn hod neunundfünfzig Mark kost und do is vül mehra Stoff dran. *(Schüttelt den Kopf)* I glaub, i spinn!

Sie: Dei Sunntahosn. So ein Schmarrn! De schaut aa aus wej neunundfünfzig Mark. Bin i dir vielleicht ned amol hundert Mark wert? Du bist a richtiger Geizkrogn! I solltme scheiden loussn. I derfn ganzn Dog kocha und putzn und dei grintige Wäsch woschn und dann waar i ned amol hundert Mark wert. Abhaun sollt i, dann daasdas scho segn!

Er: Wennst moinst, na mousst holt abhaun. Des is doch mir wurscht. Na hob i mei Rouh.

Sie: Wos is dir des? Wurscht is dir des? Dei Rouh wüllst hom? Dou no aso weida! Tu nur so weiter! Na hau i wirklich ab. Omei, i kannt mi selber fotzn, wal i ned kennt hob, wos du für a Gloifl bist, wej i di damals gheirat hob. Wej konnma se bloß aso in an Menschen deischn!?

Er: Ja sog amol, spinnst ejtz dodal? Bloß wega an so an blädn Bikini wüllst abhaun? Außerdem hob i di gheirat, ned du mi, dass des klar is! Owa des bloß nebnbei. Du wolltst doch unbedingt wissen, ob mir wos ned passt. Ejtz hobes gsagt. Im Prinzip is doch des a dodale Nebnsach. Wennst vier Bikini brauchst, nacha kaffst holt viere. I hob ja bloß gmoint. Du kennste mit dem Gwandazeig sowieso besser aus.

Sie: Do schau her! Gibstas ejtza zou, dass i mi besser auskenn wej du? Gibstas endlich zou?

Er: Ja, i gibs zou. Bikinimäßig kenn i mi ned aus.
Sie: Und? Ich höre …?
Er: Wos hörst?
Sie: Entschuldig di gfälligst!
Er: Wenns ned mehr is: Tschuldige!
Sie: Also guat. Ich entschuldige.
Er: Des gfreit mi. Alls klar!
Sie: Samma na wieder guat oder wos?
Er: Sowieso. Mir worn immer guat. Schlecht worma mir zwoa no nie.
Sie: Segstas ejtz ei, dass du an Schmarrn verzapft host?
Er: No frale! I hob an Schmarrn verzapft. Wej immer.
Sie: Genau. Wej immer. Nacha bin i also doch dei absolute Traumfrau?
Er: Absoluter gejhts gor nimmer. Und ejtz bi staad, wal ejtz kimmt d'Sportschau.
Sie: Und bist dann glücklich, Spotzerl?
Er: Glücklich? I und glücklich? Worum sollt i glücklich sa? I wia behandelt wej a Sklave. An jedn Hund gejts besser wej mir. Gega mi is a Zuchtheisler a freier Mensch. Noch da Sportschau häng i mi sofort aaf, dassdas woaßt!
Sie: Segst, Spotzili, aso mog i di: Allaweil an Scherz aaf de Lippn!

Die Weihnachtszeit ist eine schöne Zeit. Manchmal staad, manchmal stressig, manchmal lustig, meistens …

Recht besinnlich

A: Omei, de Weihnachtszeit!
B: Jaja, des is aso a Zeit, de Weihnachtszeit!
A: Wos mochts nacha ihr aso in dera Zeit?
B: Mei, allerhand mochma mir do.
A: A gej! Allerhand? Mei Liawa, glauben möchstas ned.
B: Am erstn Adventswochenende, do is bei uns Christkindlmarkt. Do kaafama z'erst amol a Rosswurscht, besser gsagt vier worme und sechs kolte für dahoam. Wal wennst amol nix dahoam host, host wenigstens a Rosswurscht.
A: Des is fei wos guats, aso a Rosswurscht. Se wernd holt allaweil deierna.
B: Dafür werns owa aa kürzer. Na gleichtsase wieder aus.
A: Hahaha! Do hamms aa wieder recht! Hahaha! Sie san mir vielleicht ein Witzbold!
B: Gell. Ja, dann gej i wieder am Christkindlmarkt und kaafma frische Waffeln und an Glühwein. Des brauch i aaf den Senf affe.
A: Dass se da Mogn wieder eirenkt! Des kenn i. Hahaha!
B: Genau. Und dann pack i no zwanzig, dreißig Maroni. Schej hoaß!
A: Maroni? San des ned Schwammerl?
B: Des aa. Owa Kastanien sans aa. So Esskastanien vo Italien affa. De schmeckand wej Erdäpfl, bloß anders.
A: Do schau her!
B: Ja, und wenn i vom Christkindlmarkt hoamgej, dann nimm i mir no zwoa Brotwurschtsemmeln mit. Des is dann so richtig besinnlich.
A: A gej!

B: Ja. Und dann, am Nikolausdog aaf d'Nacht, do holma uns dann an BigMäc oder a Pizza oder aa amol a Gyros. Wega de Kinder, de essn des Zeig gern. I eigentlich aa. I moin, des is klar: Da Nikolaus, der krejgt dann aa amol a Stückerl Pizza. Der soll aa ned leben wej a Hund. Wenn er scho de ganz Nacht umanandrennt in dem Sauweda, dann soll er aa amol a worms Bröckerl essn. Des is mei Meinung.

A: Des is a feiner Zug vo eich. Grod in da Vorweihnachtszeit.

B: Jaja, do lou i mi ned lumpen. Letzts Johr hamma no a mords a Gaudi ghod mit eam. Hamma eam mit z'Fleiß a Stückerl Pizza gem mit ana routn Pfefferoni draaf. Der hod de nicht gseng, de Pfefferoni. Mei, sei Brülln wor dodal oglaffa. Der hod de gessn wej nix. Mei Liawa, owa nacha hoda blosn! Sie, der hod zwei Minuten keinen Ton sogn kinna. Mei, a weng a Gaudi mou aa sa. Dem is's Wosser owegrunna, dassma nimmer gwisst ham: Flennt der vor lauter Freid iwa de Pizza oder schwitzt er aso wega dera Pfefferoni.

A: Hahaha. Jaja, de Adventszeit, des is a fröhliche Zeit!

B: Genau! Owa trotzdem, wej er nacha wieder a Luft krejgt hod, is no recht besinnlich worn. Vor allem, wejma eam den McChicken vo da Oma mitgem ham, wal de isst den Zeig ned.

A: Also, wos für Sachern dass ihr mochts. Wunderbar!

B: Ja, gell! Und dann, so um den zehnten Dezember, do is dann d'Christbaamversteigerung vo da Feierwehr. I steiger meistens an Ring Fleischwurscht oder a Blunzn Pressog oder aa amol a Schworzgreicherts. Und an Loab Bauernbrout. Und dann loussma uns vom Wirt a Messer bringa und dann gejts auf. Na fressma alls glei zamm. Na brauchma nix hoamtrogn. Des is awl recht besinnlich. Plätzln gibts umasunst!

A: A gej? Umasunst?

B: Jaja. Aaf jedn Tisch a Schüssel voll. Sie, des sog Eahna: Wennst amol a Blunzn fettn routn Pressog gessn host, nacha bist um a Plätzl direkt frouh.

A: Des renktn Mogn wieder ei. Hahaha!

B: Genau. Und nacha kimmt eh bold da Heilige Abend. Do gibts bei uns Brotwürscht, Weißwürscht, Pfälzer, ab und zu amol aa a

Gschwollne, und natürlich a Kraut. Und Weckln und Semmln sowieso, sunst wernd de Würscht zu gaach. Do essma dann oft zwoa Stund aso dahi. Des is awl recht besinnlich.

A: Des glaube. Omei, de Weihnachtszeit is scho wos wunderbars!

B: Wunderbar. Obwohl uns d'Oma letzts Johr fast a weng an Wirbel einebrocht hod. Mir sitzma do, 's Essn is firte und d'Oma find ihra Biss ned. „Ja, wou is denn, ja wou is denn?" hods awl gjammert. I hob gsagt: „Oma," hob i gsagt, „pass besser aaf dei Zeig aaf! Ejtz is Heilig Abend und du findst dei Biss ned. Kein Gebiss, keine Pfälzer!" Mei, Strafe muss sein.

A: Des is owa scho hart. Direkt am Heiligen Abend. Hods nacha nix zum Essn krejgt, d'Oma?

B: A Semml hods ihr dann in Glühwein eibrockt. Mei, wers mog. Owa i konn aa nix dafür. Hätts aafpasst aaf ihra Biss. I konn mi ned ums Biss vo da Oma aa no kümmern. Grod an Weihnachten! Do hob i andere Sachen im Kopf. Owa insgesamt wors recht besinnlich. Außerdem, aa wenn d'Oma a Biss ghod hätt: Mehr wej oa Pfälzer packts sowieso ned. So gseng wors eh wurscht.

A: Eben! Des is dann aa ned so schlimm.

B: Am ersten Weihnachtsfeierdog, do gemma dann essn mit da Tante Irma. Do spendier alls i. Des is scho direkt a Brauch bei uns, a Tradition praktisch. D'Tante Irma, de wird jeds Johr vo mir eiglodn.

A: Des is a feiner Zug vo Eahna!

B: Jamei, sie is alleinstehend, hod zwoa Heiser und koi Kinder. Do moumase a weng kümmern. I konn des ned segn, wenn a Mensch mit so einem Besitz dermaßen einsam is. I iss dann meistens a Pfeffersteak, manchmal a Gans, je nachdem. Mei Wei an Tafelspitz, d'Kinder a Currywurscht mit Pommes und d'Tante Irma a Leberspätzlesuppn. Des is dann awl recht besinnlich!

A: A gej! Ja, es is scho wos Schejns, wenn a Familie aso zammholt. Grod in da Weihnachtszeit.

B: Wem sogn Sie des! Am zwoatn Weihnachtsfeierdog fohrma dann zu da Schwiegermuada. De kocht dann meistens mehr. An gmischtn Braten, Schnitzl, Gockerl etcetera etcetera. Also, i glang dann scho hi. D'Schwiegermuada mog des gern, wenns mir schmeckt. Und i moch ihr holt de Freid. I bin do einfach aso, grod an Weihnachten.

A: A gej!

B: Ja, und a Nachspeis gibts aa. So Cremes mit Weihnachtssterne aus Schokolade. Also, des is awl recht besinnlich. Unser Bou hod ihr letzts Johr de weiße Wohnzimmercouch voller Schokolad gschmiert. De Couch hod ausgschaut, wej wenn a Katz draafgsch..., i mogs ejtz gor ned sogn, aaf jedn Fall dodal braun. Mei, es san holt Kinder. Do mouma scho Verständnis hom. Ja, und bist schaust, is de wunderbare Weihnachtszeit vorbei.

A: Des stimmt. De Zeit vergejt dermaßen. Bist schaust, is ume. Und an Silvester? Wos mochts do?

B: Ach, Silvester, des mog i eigentlich gor ned so gern. Des is doch im Prinzip a reine Fresserei!

Die staade Zeit

Wenn der Advent kommt, muss Mama die Geschenke kaufen und sie gut verstecken, damit ich sie nicht vor Weihnachten finde, obwohl ich suche. Und sie muss Plätzchen backen, damit wir zum Kafä und zum Mitgeben etwas haben. Und wenn es schneit, dann muss sie Schnee räumen, weil Papa kann nicht wegen der Bandscheibe, die es ihm beim nassen Schnee heraushaut, weil er so schwer ist, der Schnee. Mama muss auch das ganze Haus sauber putzen, damit es schön ist, wenn ein Besuch kommt. Weil an Weihnachten haben alle Verwandten Zeit und besuchen uns massenhaft.
Und Mama muss am Anfang vom Advent die Wintersachen aus dem Keller holen und die Sommersachen hinuntertragen. Dann muss sie noch die ganzen Weihnachtskarten schreiben, weil dem Papa nichts einfällt. Weihnachtsgestecke muss sie auch machen und aufhängen, damit unser Haus schön ist. Und wenn ich an ein Gesteck dranrenne und es fällt herunter, muss sie es wieder hinauftun, weil ich zu klein bin.
Wenn dann der Advent vorbei ist, ist meine Mama so fertig, dass sie überhaupt nichts mehr sagen kann und ganz ruhig ist. Darum heißt der Advent die staade Zeit.

Die Weihnachtskarten

Sie: *(Aus der Küche)* Hä, Sepp!
Er: *(Im Wohnzimmer)* Ja!
Sie: Wos doust denn grod?
Er: Fernsehschaun. Schischpringa kimmt!
Sie: Du kanntst de Weihnachtskortn schreim!
Er: Hob i scho! Und furtgschickt aa scho!
Sie: Wos? Dass du vo selber aaf des kemma bist! Des wundert mi fei.
Er: *(Stolz)* Gell, do schaust!
Sie: I hätt gwett, dass du de Kortn gor ned findst!
Er: I bin doch ned bläd! *(Leise)* Glaubt de vielleicht, dass i bläd bin? I werd doch in da Lage sa, ausn Wohnzimmerschrank a boor Kortn zum ausadou, a Brejfmarkn draafzumpicka und des ganze Glump aaf d'Post zum trogn. I bin doch ned bläd.
Sie: I hobs extra in Esszimmerschrank eine do. I hätt gwett, dass du im Wohnzimmerschrank nochschaust.
Er: *(Leise)* Ejtz blick i nimmer durch.
Sie: Wos sagst?
Er: Ach, nix!
Sie: Im Wohnzimmerschrank, do san ja bloß de Beileidskortn drin, de wos i aaf Vorrat kafft hob.
Er: Ja mi host ghaut!
Sie: Wos sagst?
Er: Ah ... Gell, do schaust!
Sie: Host an guatn Rutsch aa glei draafgschriem?
Er: Des konnst laut sogn!
Sie: Wos?
Er: *(Laut)* Des konnst laut sogn!
Sie: Nacha is des Gottseidank aa scho erledigt. Woaßt, aso a Kortn is zwar bloß a kloane Geste, owa es is einfach a Zeichen, dassma Anteil nimmt.
Er: Du glaubst gor ned, wej recht dass du host!
Sie: Eben!

Das traute hochheilige Paar

Sohn: Du Papa! Gell, heier singma wieder „Stille Nacht“, wenns Christkindl kimmt?
Papa: Sowieso, Sepperl!
Sohn: Du Papa, derf i di amol wos frogn?
Papa: Sowieso, Sepperl!
Sohn: Du Papa, wos bedeit eigentlich: „Alles schläft, einsam wacht nur das traute hochheilige Paar.“ Des verstej i ned, Papa. Wos bedeit denn des bloß?
Papa: Des bedeit, dass alle gschloffa hamm, bloß da Josef und d'Maria ned. Wal de zwoa, de sans traute hochheilige Paar.
Sohn: Worum hamm alle gschloffa, Papa?
Papa: Jamei, is o mittn in da Nacht gwen. Stockfinster. Und lous is aa nix gwen in Bethlehem. Is o bloß a kloans Dorf gwen. I schatz, d'Wirtsheiser hamm scho alle zou ghod. Und mejd san d'Leit aa gwen.
Sohn: Und d'Maria und da Josef san ned mejd gwen?
Papa: Scho. I büldma ei, de san sogor dodal mejd gwen. De worn doch scho tagelang unterwegs zwecks dera Volkszählung. Do waarst du aa mejd. Stell dir des amol vor: In dera Hitz tagelang unterwegs, saukolt.
Sohn: Ha? In dera Hitz saukolt?
Papa: Tschuldige, Bou, des wor ejtz a Schmarrn. Hitz natürlich. Z'Israel is ja awl hoaß. Aaf jedn Fall: tagelang unterwegs, kein Wirtshaus, kein Freibad, kein Weißbier, nix! Ein Wahnsinn! A normaler Mensch holt des sowieso ned aus.
Sohn: Ja, owa Papa, wenns aa dodal mejd gwen san, worum hamms denn dann ned gschloffa?
Papa: De hamm doch ned schloffa kinna!
Sohn: Worum denn ned, Papa? Hammand de sovül Cola trunka? Oder an Red Bull?
Papa: Des ned. Owa man konn doch ned schloffa, wenns Wei entbind!
Sohn: Wos, Papa?

Papa: Wenns Wei a Kind krejgt, dann konnma doch ned schloffa. D'Maria hod doch a Kind krejgt damals. 's Jesukindlein, kennstas doch!

Sohn: Owa dann hätt doch da Josef daweil schloffa kinna. Oder hod der aa a Kind krejgt?

Papa: Der doch ned. Der scho zwoamol ned.

Sohn: Worum hod er dann ned gschloffa?

Papa: Jamei, der hodse um alles kümmern mejßn, dass nix passiert. Gsundheitlich und überhaupt.

Sohn: Wor ebba da Josef a Doktor?

Papa: Naa, da Josef wor doch koa Doktor. Wej kimmst denn aaf den Schmarrn? Da Josef wor doch a Ding ... a ... zenalln, wos wor ejtz da Josef? A Heizungsbauer? Naa ... a ... a Ding wor er, a Zimmermann!

Sohn: A Zimmermann? Also Papa, a Zimmermann, der kenntse doch bei da Geburt ned aus! Worum hodse denn do da Josef auskennt?

Papa: Mei, wos hoißt auskennt. So genau woaß i des ejtz aa ned. Aaf jedn Fall wors guat, dass er do wor.

Sohn: Worum nacha?

Papa: Woaßt wos? Ejtz glangtsma! Heier singma „Oh Tannenbaum"!

Frau Meier ist bei Frau Dobler eingeladen. Und weil Adventszeit ist, gibt es natürlich, abgesehen von ein paar Nebensächlichkeiten, ein zentrales Gesprächsthema ...

Die Weihnachtsplätzchen

Dobler: So, Griaß Gott, Frau Meier. Des is schej, dass Sie heit Zeit hamm. Göld hamma, Übergwicht hamma, owa koa Zeit hamma, hahaha! Ejtz sitzns Eahna her, nacha ratschma a weng. Wej, Oma, ruck aaf d'Seitn, dass d'Frau Meier an Plotz hod!
Meier: Bin so frei! Es gejt scho. D'Oma braucht ned rucka wega mir. Bleibns no sitzn, Oma!
Dobler: So, nehmans Eahna ruhig daweil a Plätzl, Frau Meier. Da Kafä is glei durch. Wenna durch is, nacha bringen glei.
Meier: Mei, schejne Plätzln hamms, Frau Dobler. Wunderbar. So farbenfroh. I sog awl: „'s Auge isst mit!" Aa beim Plätzl.
Dobler: Do hamm Sie recht, Frau Meier. Mei, i hob holt bacha, wosma normal aso bacht: Bärnpratzn, Zimtsterne, a Mogn-brout, Kokosheiferl. Dann no so zammpickte, i woaß momentan gor ned, wej de hoißnd, i mejßad direkt im Kochbuch nochschaun. Owa guat sans. Probierns amol a sechas!
Meier: Bin so frei! Mmmm ... wunderbar! Do brauches Rezept, unbedingt! Mei, Sie mejßn de naxtn Dag amol zu mir kemma, nacha kinnans meine aa probiern. *(Lacht)* Bevor dass mei Mo alle verdruckt. Der Mensch is unmöglich.
Dobler: A gej!
Meier: I sogs Eahna. I mou de Plätzln guat verstecka, ganz guat! Wenn i de Plätzln ned dermaßen guat verstecka daad, hättma mir scho am Zwoatn Advent koi mehr. Der Mo wenn Plätzln segt: Ungelogen – Stuckara zwanzge aaf oamol. Der konnse nimmer bremsn. I sog awl, des is direkt aso a Art Sucht. Owa do locht er bloß.
Dobler: A gej! Jamei, wenns eam holt schmeckt. Schauns, mei Paul, der is ejtz scho siebm Johr dout, der isst praktisch scho

lang koa Plätzl mehr. I wollt, er aaß no oans. *(Weinerlich)* Omei, mei Paul!

Meier: Do hamms recht, Frau Dobler! Eahna Paul, des war a feiner Mann! Sie, Eahnane Kokosheiferl, de san aa ned schlecht!

Dobler: Gellns, Frau Meier, des sogn Sie aa. But-ter-weich!

Meier: Ja, wirklich, ganz guat. Also, verstengas mi ned falsch, wirklich guat sans. I persönlich, i moch owa d'Kokosheiferln mit mehr Biss. Mehr so kross. Dass kracht, wennma einebeißt. Wissens, wos i moin, Frau Dobler? Mehr so, so mit Biss. Kross holt.

Dobler: I woaß scho, wos Sie moina, Frau Meier. Owa i hob von an Kokosheiferl a andere Auffassung. Nix für unguat, owa a Kokosheiferl mou woach sa. Des derf ned splittern, sondern des mou direkt zgej beim essn.

Meier: Mei, de oan sogn aso, de andern sogn aso. Im Prinzip is o wurscht. I moin, wer konn des scho genau sogn, ob ejtz a Kokosheiferl mehr kross oder ejer woach sa soll. Des konnma ganz schlecht sogn. Vielleicht is aa regional verschieden. Wissen konnmas ned.

Dobler: Wissens wos, Frau Meier? Ejtz frongma d'Oma, wal de is a Hausfrau der alten Schule. *(Zur Oma)* Wos sagst ejtz do du, Oma, mou a Kokosheiferl mehr woach sa oder mehr kross?

Oma: Ha??

Dobler: *(Laut)* Dei Meinung möchtma wissen: Mou a Kokosheiferl mehr kross sa, also mehr hirt, oder mehr woach?

Oma: *(Zahnlos)* Des is mir wurscht! I mou eh alls eibrocka!

In der Christmette

Es ist ein alter und schöner Brauch, dass man am Heiligen Abend nach der Bescherung in die Christmette geht. Wenn der Schnee, falls er liegt, unter den Schuhen knirscht, wenn die Sterne am Himmel blitzen und überall in den Fenstern Lichter brennen und man stapft in einem wohlig warmen Mantel in die Kirche, dann kommt die richtige Weihnachtsstimmung auf. Bei mir käme diese Stimmung übrigens auch daheim auf dem Kanapee auf, aber ich muss traditionell in die Christmette. Dort hat man dann nur friedliche Gedanken und das Herz ist ganz leicht. Meistens wenigstens. Es kann natürlich auch sein, dass die Gedanken, die man hat, weniger friedlich sind und das Herz nicht ganz so leicht. Zum Beispiel, wenn man in der überfüllten Kirche keinen Sitzplatz kriegt. Dann ist's mit der inneren Besinnlichkeit schnell zu Ende. Dann gehen einem eher folgende Gedanken durch den Kopf:

Des is typisch! Des is absolut typisch! Oamol im Johr gejst in d'Kircha und dann mousst stej! Und wer sitzt? Wer hockt in de Bänk drin wej d'Brozerer? De, de wejs ganze Johr in d'Kircha rennand! De sitznd doch sowieso jedn Sunnta herin. De kanntn doch an an so an wichtign Dog, wou sogor unseroans in d'Kircha gejt, dahoam bleibn. Nacha kannt i bequem sitzn. Owa naa, einarenna mejßns und mir 'n Plotz wegnehma. Und des soll dann christlich sa. Dasse ned loch! Haha!
Owa wos reg i mi aaf? Heit is Weihnachten! Des Fest der Liebe und der Freude. Do regtmase ned aaf. Do gfreitmase und aus!
Obwohl, du doust di hort mitn gfrein, wennst links und rechts eikaalt bist und nix segst. I woaß gor ned, wos'se do vorn am Altar ospült, wal i ned fire seg. Des Weiberts vor mir hod aa no ihra Pelzkappn aaf! De schaut aus wej a russischer Soldot. Hods de nimmer alle? Glaubt de vielleicht, dass ihr do herin d'Luser ogfrert? Des is a katholische Kircha und koa sibirische Blockhüttn!
Mei Wei is ned mitganga, wals dahoam aafraama mou. Des ganze Zeig vo da Bescherung. Des is sowieso da Wahnsinn. Z'erst wird als stundenlang eipackt, dann stundenlang aus-

packt, und aaf d'Letzt wirds Papier weggworfa. I wia des nie begreifa. Mei Wei hod gsagt, i soll für sie mitbetn. Frale, des aa no! I bin frouh, wenn i für mi selber zum betn kimm zwischn de ganzn Leit do herin.
Wos singens grod? Oh du fröhliche! Dasse ned loch! Do vergejt dir d'Fröhlichkeit, wennst kaam schnaufa konnst vor lauter Leit. Der Mensch hinter mir singt aa. Ja mi host ghaut, sowos vo falsch! Des is koa Gsang, des is a Gotteslästerung! I konn zwar aa ned singa, owa i holt wenigstens mei Maal. Aso konnma im Wirtshaus umanandaplärrn, owa doch ned in da Kircha. Und überhaupt: Wej schmeckt denn der? Des is doch ... des is doch ... ja gibts des aa, der stinkt noch Knoblauch!
Also, des is eine Unverschämtheit! Dahaom d'Wampn mit Knofl vollhaun und dann mit z'Fleiß in d'Christmettn gej und an anständign Christen vo hint histinka. Bei aller Liebe, do hörstse alles aaf! Hoffentlich wird mir ned schlecht. I vertrog den Knoblauchgschmoch ned. Umhaun wennsme dout! Owa dann! Dann zeige'n o, den Hamml. Wega Körperverletzung. Ejtz faahlt dann bloß no, dass da Pforrer sagt: „Gebt Euch ein Zeichen des Friedens!" und i mou dem Bärna d'Händ gebn.
Hoffentlich is des Liadl bold aus, dass der sei Maal zoubringt. Mir is scho ganz schwindlig. Am Heiligen Abend an Knoblauch essn! Soweit samma scho! Koa Wunder is ned, dass mit da Wölt bergab gejt, wenn sechane Sittn eireissn. Am Heiligen Abend isstma Pfälzer mit Kraut, notfalls aa a Gans. Wenns gor ned anders gejt, aa amol an Fisch. Owa doch koan Knoblauch! Mi daads ned wundern, wenn des a Asylant waar. De essnd nämlich kiloweis Knoblauch. Dog und Nacht, nur Knoblauch. Do gibts praktisch nix anders, Summa wej Winter. Dass de amol an gemischten Braten oder an Guglhupf essn daadn, des konnst vergessn. Nur Knoblauch.
Obwohl, dass des a Asylant is, des is ejer unwahrscheinlich, wal de normal ned katholisch san. Und den Text vo „Oh du fröhliche" kannt er aa ned. Im Prinzip is wurscht, wos er is, aaf jedn Fall hod er koan Anstand ned. Gottseidank is ejtz des Liadl aus, dass er sei Bappn zoumocht, bevors mi umhaut.

Mir is eh ned guat. In Bauch rumplts gewaltig. Des is des Sauerkraut. I sogs mein Wei scho Jahre, sie soll des Kraut mindestens a Stund vorher kocha loussn, dass im Bauch ned so aggressiv is. Owa naa, vor lauter Gschenka verpacka hods koa Zeit, dass des Kraut am Ofa stellt. Und wer mouss ausholtn? I! I stej ejtz do in da Kircha herin und bin am Zreißn.

I hob a ganz a bläds Gfühl. Jamei, zum Kraut zwoa Weißbier und danoch acht Moscheripralinen, des hod scho a Gwolt. Und de Zigarrn, wos i zur Abrundung no graucht hob, de wor aa ned ideal. Schuld is mei Bou, wal der hod mir a Kistl Zigarrn zu Weihnachtn gschenkt.

Eigentlich is ja a feiner Zug vo eam. Er sport sei bisserl Taschengeld, dass er mir Zigarrn kaffa konn. A bravs Kind, i konn mi ned beschwern über eam. Owa mir is trotzdem schlecht. Und dann no vo hint der Knoblauchdampf. Hoffentlich is de Mettn bold aus!

Wos sagta, da Pforrer? „Lasset uns beten!" Ja, i lass eich scho, owa bitte a weng schneller. I holt des nimmer lang aus.

Ejtz mou i mi wieder a weng bsinna. Immerhin is Weihnachten. Wieder a Johr vorbei. Unvorstellbar, wej de Zeit abhaut. Kaam is da Osterhas furt, kimmt scho da Niglo. Des wennma aso bedenkt, dann is a Johr dodal kurz. Owa a Stund konn verdammt lang sa, wenns hinter dir noch Knoblauch stinkt.

Ejtz hoda gnejst, der Gloifl! Des derf doch ned wohr sa. Richtig „hatschi", dassna grissn hod. I gspür, dass mei Hols ganz feicht is. Des san Milliarden Bazülln, de wos ejtz an mir dranpickand.

I bin bestimmt dodal verseucht. Normal mejßert i mi umdraahn und eam sofort oane schmiern, wal dann waars Affekt. Owa ejtz in da Christmettn schauert des ned guat aus. Im Endeffekt waar i da Blamierte. I kanntna hejchstens ganz bejs oschaun, dassa daschrickt. Owa des is mir ejtza aa z'bläd.

Mensch Meier, wej konnma bloß so rücksichtslos sa! Wennma an Katarrh hod, nacha bleibtma holt dahoam und nimmt an Melissngeist und a Wärmflaschn und gejt ins Bett. Owa naa, er mou in d'Kircha renna und anständige Leit hinterrucks onejsn. Wahrscheinlich hods eam no a boor Brockan Knoblauch mit ausaghaut.

I verstej vo dera Predigt kein Wort, wal mi der Mensch hinter mir dauernd olenkt mit sein Gfetz. Wos sagta, da Pforrer? Zufriedner solltma alle sa? Omei, do hoda recht, der Mo! Wos is des für a Welt: Jeder wüll mehr und mehr und no mehr! Mir glangerts scho, wenn i gsund bleibert und im Lotto 100 Tausend Mark gwang. Owa ned amol des is mir vergunnt. Dauernd dout mirs Kreiz wej und außer oan Dreier mit Zusatzzahl hob i no nix über zehn Mark gwunga. Und ejtz krejg i bestimmt an Schnupfn aa no mit dera Onejserei.
Owa i mou mi am Gottesdienst konzentriern, wal wega dem bin i ja eigentlich do. Ejtz kimmt des mit dem Frieden. Hoffentlich gibt mir koana d'Händ! I woaß awl ned, wos i do sogn soll. I moin, es is scho recht, wennma in Frieden mitanand lebt, owa wega dem brauch i doch ned an jedn d'Händ schütteln. Wer mir mei Rouh loust, den lou i aa in Rouh.
Ja, wos is ejtz des? Ejtz klopft mi der vo hint affe! Der wüll mir d'Händ gebn! Akkrat der! Z'erst vergift er mi mit sein Knoblauchdampf, dann hetzt er seine Bazülln aaf mi und dann sowos. Wos moch i ejtza? Also, in Gotts Nam, wal Weihnachtn is. Nacha draah i mi holt um. Öha, des is mei Chef!
„Ah, ... ah ... griaß God, ... da Ding, da Friede sei mit dir ... äh ... beziehungsweise mit Eahna praktisch. Alls Guate, aa dahoam schejne Griaß ... ja, und a guats neis, vor allen Dingen Gsundheit ... hähä, jaja, i richts aus, dankschön. Also nacha! Haha! Alls Guate noml!"
Puh! Guat, dass i eam vorher koane gschmiert hob. Noja, guat, wenn i ehrlich bin, so schlimm is aa wieder ned gwen. Und außerdem is ja Weihnachten!

Die Bilanz

Wos essn betrifft, bin i oana, der wej ned sinnlos einefrisst, ohne Hirn und ohne Konzept wej a Vej. I denk mit beim Essn, mit Plus und Minus. De Bilanz, de wird vo mir im Voraus schriftlich erarbeitet. Zum Beispiel für de Zeit um Weihnachten und Neijohr, do is aso a Planung lebenswichtig, dass di ned zreißt. Wal da Dezember und da Januar san kalorienmäßig bedenkliche Monate. Fast scho gfährliche! Weihnachten, Silvester, Friede, Freude – alles guat und recht, owa bilanzmäßig hoißts do Obacht gebn!

Interessiert Sie mei Bilanz für Dezember und Januar? Ned? Des mocht nix, i sogs Eahna trotzdem, wals gsundheitlich aaf jedn Fall a Nutzen für Sie is.

Also, fangma o mit de Plus-Kalorien. Do hamma zum Beispiel fürs normale Essn – Frühstück, Broutzeit, Mittog, Imbiss, Abend – pro Dog zweitausend Kalorien, des san für Dezember und Januar insgesamt 120 Tausend. I setz d'Monat da Einfachheit halber allgemein mit dreißig Dog o. Oa Dog hi oder her mochts Kraut ned fett und mi aa ned.

Dann kemmand no pauschal 50 Tausend Kalorien für Weihnachtsplätzln und Gebäck dazou. Den Großteil davo liefert mei Muada, wal de bacht recht fett. Des schmeckt zwar einwandfrei, owa bilanzmäßig hauts gewaltig ins Plus.

Unter „außerordentliche Belastungen" howen Heiligen Abend mit plus viertausend drin. Konkret san des drei Boor Brotwürscht, zwoa Gschwollne und je vier Brezn und Weizen. A Pfund Sauerkraut aa no, owa des is kalorienmäßig unbedenklich.

Sechstausend kemmand no für d'Weihnachtsfeierdag dazou, wal do bsuachma d'Muada und d'Schwiegermuada und de kochand awl recht aaf. Vo de Plätzln am Nochmittog wüll i gor nix sogn. I bin oana, der sogt, wenns scho bacha wernd, nacha sollns aa gessn wern. Des is im Prinzip a vernünftige Einstellung, owa für d'Bilanz is tödlich.

Dann hamma no Silvester mit plus fünftausend. Der Liter Bowle waar o ned so schlimm, owa de Chips und de Erdnüss und des Fondue. I zum Beispiel, i steck awl glei drei Fleischstückerln aaf mein Spieß, dasse ned sooft eidunka brauch. Ja, und wej gsagt, de Chips. I woaß ned, wejs bei Eahna is, owa bei uns is da Silvester a typischer Chips-Dog. Dann kemmand scho d'Faschingsbälle.

Halt, ejtz hätt i bold wos vergessn: D'Christbaamversteigerung vom Schützenverein. Do ersteiger i traditionell jeds Johr an Ring Fleischwurscht und an Loab Bauernbrout. Des iss i dann glei im Wirtshaus, wal mei Wei mog eh koa Fleischwurscht und wenn i hoamkimm, dann sog i zu ihr, es hod nix gscheits zum steigern gebn. Des san plus viertausend Kalorien. De Wurscht und des Brout san bloß zwoatausend, owa du brauchst a boor Weizen zum oweschwoim. An Loab truckers Brout ohne Weizen, des holtst du ned aus.

Ja, und dann, wej gsagt, de Faschingsbälle. Do isst holt dann doch in da Nacht um zwölfe a Schnitzl oder a Currywurscht oder beides. I hob in meiner Bilanz für d'Bälle pauschal 20 Tausend Kalorien ogsetzt.

Und last, but not least, hamma no d'Getränkepauschale für Dezember und Januar. De hob i mit plus 50 Tausend veranschlagt. Mei, des hülft nix. Do trinkst amol do a Spezi und durt a Apfelschorle oder drei Weizen. Bist a weng schaust, san de 50 Tausend beianand und do brauchst di fei gor ned ostrenga. I moin, i kannt scho bloß 20 Tausend eineschreim in mei Bilanz, owa des waar Selbstbetrug und Bilanzfälschung, wal mi praktisch awl dürscht.

So, nacha hättma de Plusseitn komplett. Des san summa summarum 269 Tausend Kalorien. A Haffa Zeig. Des hörtse ejtza schlimm o, owa i hob natürlich bei meiner Bilanz aa a Minusseitn. Do is zunächst da natürliche Schwund, de biologischen Verluste, also 's Klo praktisch. I hob pauschal für Dezember und Januar 60mol groß und 250mol kloa eiplant. Des konnma nie so genau sogn, owa man hod ja doch langjährige Erfahrungswerte.

Sicher, es konn amol außer da Reih a Darmgrippe daherkemma oder gor a Brechdurchfall. Des waar erfreulich, owa verloussn konnste ned draaf. Obwohl bei dem fettn Essn an de Feierdag d'Chance scho do waar. Aaf jedn Fall hob i fürn natürlichen Schwund minus 60 Tausend Kalorien eiplant.
Fürs tanzen bei de Faschingsbälle setz i pauschal hundertfünfzig Kalorien o, wal i bin praktisch a Zwangstänzer. I tanz nur, wenn i mou, und i mou so guat wej nie.
Für häusliche Arbeiten, zum Beispiel Getränke ausm Keller holn, Zähn putzn, rasiern usw. howe minus zweitausend vorausberechnet.
Dann setz i no pauschal minus 20 Tausend für nervliche Anspannung ei. Des is zum Beispiel beruflicher Stress, Streit mit mein Wei, wal ihrs Weihnachtsgschenk ned gfollt, Gschroa vo de Kinder und Kontra beim Schofkopf.
Da Hauptanteil bei de Minuskalorien liegt im Dezember und Januar bei de außerhäuslichen Aktivitäten. I hob achtzigmol Schnejraama, dreißigmol Schifohrn und zwanzigmol Langlaffa in da Bilanz mit insgesamt minus 150 Tausend Kalorien. Des is praktisch des, des wos echt wos bringt.
Ejtz wennma alle Minuskalorien zammzählt, dann san des 232.150 Stück. Pluskalorien hamma 269 Tausend ghod, des is also a Überschuss vo guate 35 Tausend Kalorien. Des hörtse zwar schlimm o, is owa für Dezember und Januar vertretbar, wal des essensmäßig Problemmonate san.
Allerdings, falls ned schneibt und i konn ned Schifohrn und ned Schnejraama, dann zreißts me!

Das Talent

Weihnachtsfeier an der Grundschule. Die Eltern, in erster Linie die Mütter der Schülerinnen und Schüler, sitzen an den gedeckten Tischen in der Pausenhalle. Im hinteren Bereich der Halle toben Kinder um einen bereits arg ramponierten Christbaum herum. Offensichtlich handelt es sich um ungezogene Kinder, da sie mehreren „Pssst"-Rufen keinerlei Beachtung schenken. Vorne auf der Bühne müht sich die Schauspieltruppe der Klasse 4b mit einem Krippenspiel ab. Josef und Maria, trotz der Hitze in dicke Mäntel gehüllt, sitzen vor der leidlich überdachten Krippe und blicken demutsvoll in dieselbe. Dahinter stehen regungslos zwei weitere kleine Akteure, aufgrund der riesigen, farbig bemalten Pappköpfe, die sie aufhaben, unschwer als Ochs und Esel zu erkennen. Ein strohblonder Engel, drei Hirten und mehrere Schafe, ebenfalls mit überdimensionalen Pappschädeln ausgerüstet, runden die zwar ärmliche, aber anheimelnde Szene ab. Leider wird den Schauspielern nicht die Aufmerksamkeit zuteil, die sie verdient hätten. Aber sie spielen unverdrossen weiter. Im Publikum sitzen Frau Meier und Frau Huber nebeneinander. Anstatt das Krippenspiel aufmerksam zu verfolgen, unterhalten sie sich.

Meier: Is awl wieder schej, aso a Weihnachtsfeier!
Huber: Des stimmt. Und der Punsch is ein Gedicht!
Meier: Obwohls bloß a Kinderpunsch is!
Huber: Man möchts ned glauben. Sie, und de Plätzln san fei aa guat!
Meier: I hobs no gor ned probiert, de Plätzln. Owa dafür hob i scho 's dritte Stückerl Stolln! Hihi! Des wenn mei Rudi wieder segn daad, nacha daad er wieder schimpfa. Guat, dass er mir ned mitgejt!
Huber: Mei Franz aa ned. Wals koa Weißbier gibt. Frau Meier, i sogs Eahna ganz ehrlich: Bevor dass er zwoa Stund dositzt und mocht a dumms Gsicht, is mir lejwa, er bleibt glei dahoam. Do konn er schaun, wej er wüll, do is mir wurscht!
Meier: Do hamms recht, Frau Huber. Mei Mo is ja da gleich. Dem wenn ebbs ned passt, der konn ein Gsicht mocha, i wenns Eahna sog: Unmöglich!

Huber: Do sans alle gleich. Ejtz probier i aa amol an Stolln zwischneine.

Während sich Frau Huber ein Stück Stollen nimmt, kommt ein verschwitzter Knabe und sagt völlig außer Atem zu Frau Meier,

Knabe: Mama, i mou biesln!

Meier: *(Völlig entnervt)* Des gibts doch ned! Ejtz samma erst a Viertlstund do und du mousst scho wieder biesln. Des konn doch ned sa. *(Zu Frau Huber)* Des Kind mocht mi no ganz narrisch! Der hod a Blase wej a Fingerhout. I mog scho nirgends mehr higej mit dem Boum. De ewige Bieslerei, de gejt mir dermaßen am Keks.

Huber: *(Schüttelt mitleidig den Kopf)* Nana, de Kinder! Owa der Stolln schmeckt Eins A!

Knabe: *(Flehend)* Mama! I holts nimmer lang aus! Wou isn do 's Klo?

Meier: Do rechts hint! Deutet in Richtung Klo. Do wou des Mandl draf is. Segstas?

Knabe: Ja, i segs scho.

Der Knabe verschwindet in panikartigem Galopp in Richtung Klo.

Meier: Des is unser Jüngster, da Veith! Er kimmt nächsts Johr erst in d'Schul.

Huber: A gej! Glaubn möchstas ned.

Meier: Jaja, de Kinder wochsnd her. Er is a recht a aafgweckts Kind. Er bieslt holt a weng vül für sei Alter.

Huber: Jamei. Des wirdse scho gebn mit da Zeit. Es gibt Schlimmeres. Sie, do herin, do is fei gscheit laut. Man verstejt des Krippenspiel kaam.

Meier: Wal de Leit einfach ned staad san. Es gibt einfach keinen Anstand nimmer.

Beide blicken nach vorn auf die Bühne. Die Gottesmutter aus der 4b befindet sich gerade im Gespräch mit einem der Hirten. Ochs und Esel stehen mit ihren riesigen Pappköpfen nach wie vor völlig teilnahmslos hinter der Krippe.

Meier: Sie, Frau Huber, sengs den Esl aaf da Bühne?

Huber: Der wej do aso durtstejt?

Meier: Genau, der. Des is fei unser Martin!

Huber: Mei Liawa, der hod ein Talent!

Meier: Gell!

Formel 1 mit Oma

Oma: No, Karlheinz, wos schausta denn o am Fernseh?
Karlheinz: Forml 1 kimmt!
Oma: Wos alls git! Derf i mi a weng hersitzn zu dir und mit zouschaun?
Karlheinz: No frale Oma! Sitzde no her!
Oma: Na sitzame her zu dir. *(Setzt sich)* Karlheinz, host ebba an Soft für mi? Mi dirscht aso.
Karlheinz: Mensch Oma! Mou des ejtza sa? Ejtz is grod so spannend! In ana Viertlstund is eh aus. Holtsdas so lang nimmer aus?
Oma: Mi daad owa wirklich gscheit dirschtn. Da Dokta hod gsagt, i soll vül trinka.
Karlheinz: Also guat, nacha hol i dir holt dein Soft. Bevor das du mir ausdirrst.
Oma: Des is owa nett vo dir. I schau daweil für di Fernseh, bisd wieder kimmst.
Karlheinz läuft in die Speis zum Saftholen, Oma schaut inzwischen das Rennen an.
Oma: Uiuiuiui, wej de schnöll fohrnd! Do wenn oan d'Bolezei aafholt, des kimmt deier. Brauchta bloß no ebbs trunka hom, nacha is da Führerschein furt. Omeiomei, de junga Leit heitzudogs!
Karlheinz: *(Außer Atem)* So Oma, do is dei Soft. Ejtza trink!
Oma: Dankschej, Karlheinz! Mmh, is der guat. Wos isn des für oana?
Karlheinz: *(Genervt)* A Soft holt. Ejtza mousst staad sa, Oma, ejtz wirds spannend!
Oma: De fohrnd fei gscheit schnöll. Do schau hi, do fohrt oana mit, der is gwiss vo Bayern. Der hoißt Alise!
Karlheinz: Alesi hoißt der! Des is a Italiener.
Oma: Aso. Ejtz sog amol Karlheinz, wou fohrnd denn de überhaupt hi?
Karlheinz: Ins Ziel! Des is doch a Rennen! Wer als erster am Ziel is, der hod gwunga und krejgt dann a boor Millionen.

Oma: Mir hamma frejer aa Rennen gmocht, mitn Fohrradl. Do hod da Sieger an Loa Brout krejgt oder aa amol a Blunzn Pressog.
Karlheinz: Jamei, Oma, des wornd andere Zeitn!
Oma: Do host du recht, Karlheinz. Owa de kemmand doch nie ans Ziel, wenns awal bloß rundum fohrnd. Dass de ned damisch wernd. I werad do dodal damisch. Mir is eh vo Haus aus a weng damisch. Des is da Bluatdruck.
Karlheinz: Mensch, Oma, 's Ziel is doch aaf da Streck. Do schau hi, ejtz fohrt grod da Michael Schumacher wieder durch!
Oma: Ja wos. Worum bleibta denn nacha ned stej, da Nor, wenn er scho im Ziel is. Spinnt der? Oder gfollts eam so guat, dass er no a Reim fohrt?
Karlheinz: Naa, Oma. De mejßnd zweiundsiebzig Rundn fohrn. Und erst noch da letztn Rundn is 's Ziel 's Ziel. Vorher fohrns einfach durch.
Oma: Aso. Jamei, wej soll denn des a olts Wei wej i wissen?
Karlheinz: Is scho recht, Oma. Ejtz pass aaf, ejtz wirds spannend. Da Schuhmacher überholtn Häkkinen.
Oma: Ja is denn der narrisch? In da Kurvn überholn! Wenn do oana entgegenkimmt! Alle sans hi.
Karlheinz: Also Oma! Do konn doch koana entgegenkemma. In da Forml 1, do kimmt nie oana entgegen.
Oma: Sog des ned, Karlheinz, sog des ned! Grod wennma ned damit rechnet, kimmt oaner daher. Schau 'n Falzer Hans o. Der hod aa gmoint, dass koana kimmt. Und wos hoda davo? Acht Wocha a Halskrause unds Gnack dout eam heit no wej. Aso hods den prellt, wej er mit dem andern zammboxt is. Jamei, wennma holt ned defensiv fohrt, nacha kimmt ebbs sechas aussa.
Karlheinz: Oma, des is doch a Schmarrn. Da Falzer Hans is aaf da Bundesstraß gfohrn und ned aaf da Forml 1-Streck. Des is doch ganz wos anders.
Oma: Straß is Straß! Owa mir is o des wurscht. *(Trinkt vom Saft)* Der Soft is wirklich guat!
Karlheinz: Des gfreit mi, Oma. Owa ejtz mousst wirklich staad sa, ejtz kimmt de entscheidende Phase!

Oma: Jaja, i bin scho staad. I trink mein Soft und bin staad. Der is wirklich guat, der Soft.
Karlheinz: Psst!!
Oma: Ja. Du, is ejtz do da Boris Becker aa dabei?
Karlheinz: Also Oma! Da Boris Becker spült doch Tennis. Der fohrt doch ned Auto!
Oma: Hod denn der koan Führerschein ned?
Karlheinz: Scho, owa er is koa Rennfahrer. Ejtz pass holt amol aaf! Da Michael Schuhmacher fohrt grod an d'Box!
Oma: Segstas, segstas, i hobs gsagt! Waar er ned so schnöll gfohrn, nacha waar er ned an d'Box drogfohrn. Defensiv mouma fohrn! 'n Falzer Hans dout heit no 's Gnack wej.
Karlheinz: Oma, mit dir is wirklich a Kreiz. Da Schuhmacher fohrt doch ned an d'Box dro! Des sagtma bloß aso. Des bedeit, dass er neie Reifn affedout und dass er tankt. Do schau hi, nacha segstas! Ejtz wechslns grod seine Reifn.
Oma: Hod er ebba a Loch gfohrn?
Karlheinz: Naa, a Loch hod er ned gfohrn. Owa de Reifn, de holtnd bloß zwoahundert Kilometer aus. Des san Spezialreifn.
Oma: Aso a Glump!
Karlheinz: Des is koa Glump, des is normal bei da Forml 1.
Oma: Also, wenn des normal is, nacha woaß i nimmer. Da Onkl Alfons, der is acht Johr mit de gleichn Reifn gfohrn und gfahlt hod nixe. Wenn er ned zufällig gstorm waar, fohrert er heit no damit.
Karlheinz: Omei, Oma, wos soll i do sogn? Do follt mir nix mehr ei.
Oma: Schau hi, Karlheinz, sans scho firte mit dem Reifnwechseln. Nimm dir a Beispiel! Du wennst deine Winterreifn affedoust, du stejstn ganzn Vormittog in da Garage drin.
Karlheinz: Oma, des verstejst du ned!
Oma: Du scheinbar aa ned, walst so lang brauchst. Du Karlheinz, ejtz mou i scho amol dumm frogn: Worum hod denn da Schuhmacher am Ofang ned volltankt? De Tankerei holt doch aaf. Do gwingt der ned, wenna dauernd tankt.
Karlheinz: Der hod scho volltankt am Ofang. Owa de Auto brauchand sovül Benzin.

Oma: Aso a Glump! Mou der den Benzin zohln?
Karlheinz: Also Oma, sog amol! Der mou doch den Benzin ned zohln. Der hod doch an Sponsor!
Oma: An Sponsor hod der? Du host an Opel, du mousst dein Benzin zohln. Hättstda holt aa an Sponsor kafft!
Karlheinz: Ejtz bi holt amol staad, Oma! I mou mi konzentriern. Ejtz lafft de Schlussphase vo dem Rennen. Ejtz wirds dodal spannend. Schau holt aa zou wej i und frog ned dauernd! Du bist schlimmer wej a Kind.
Oma: Jamei, mi interessierts holt, drum frog i. Oläg! Do schau hi! Ejtz is da Marlboro ins Gros einegfohrn!
Karlheinz: Wer?
Oma: No, da Marlboro. Stejt doch grouß obn aaf sein Auto.
Karlheinz: Des is doch da Sponsor!
Oma: Sponsor hoißt der? Ned Marlboro?
Karlheinz: Naa, Oma. Schau her, des is aso: Aaf de Auto stejt da Nam von ana Firma und de Firma zohlt dafür an Haffa Göld. Und de Firma is dann da Sponsor. Marlboro zum Beispiel san Zigrettn.
Oma: A gej! Und worum zohlt de Firma an Haffa Göld? Also i, i daad nix zohln, wenn der „Frieda Gruber“ aaf sei Auto affeschreibn daad.
Karlheinz: Des is scho klar. Wenn dei Nam obnstej daad, des daad dir aa nix bringa. Owa wenn d'Leit des „Marlboro“ sengt, dann rauchands Marlboro und de Firma verdejnt a Göld. Und drum zohlns wos dafür.
Oma: Aso a Schmarrn! Des is doch mir wurscht, wos do draff stejt. I rauch aso und aso ned.
Karlheinz: Ja, is scho recht, Oma. Ejtz pass aaf, glei is aus. Oa Rundn no.
Oma: Wer wird denn des ganze Gros neba da Straß mahn? Hod des ebba ebba pacht?
Karlheinz: Also Oma, des woaß i beim bestn Wülln ned. Des is doch wurscht, wer des maht.
Oma: Wahrscheinlich da Bauhof, wal a Kouh frisst des Zeig ned. Is o alls voll Benzindampf.

Karlheinz: Wahrscheinlich. Ejtz Ruhe, ejtz kimmt da Zieleinlauf!
Oma: Omei, sog bloß nix von an Einlauf! Morgn hob i mei Darmspiegelung. Mir graust sovül vor dem Einlauf. I mog scho ned, wenn mi oana unt ume nockert segt, owa dann der Einlauf! I derf gor ned drodenka!
Karlheinz: Da Schuhmacher hod gwunga! I hobs o glei gsagt, dass der da Beste is.
Oma: Is des der mit dem Kui?
Karlheinz: Mit wos?
Oma: „Kinn" sagtma aaf hochdeitsch.
Karlheinz: Ja genau, der is des. Do schau hi, da fohrta. Unser Schumi, des is scho a Hund!
Oma: Wou fohrt denn der ejtza hi? I hobma denkt, der hod scho gwunga.
Karlheinz: Der draht no a Ehrenrunde. Des is aso üblich bei da Forml 1.
Oma: Hoffentlich gejt eams Benzin ned aus!
Karlheinz: Gwiss ned. So, ejtz kimmt glei d'Siegerehrung. Do schau hi, wejs fetznd, de ganzn Ferrari-Fans!
Oma: Ja, wej des? Hod der aa gwunga?
Karlheinz: Wer?
Oma: Da Ferrari. I hobma denkt, da Schuhmacher hod gwunga.
Karlheinz: Sei Auto is a Ferrari!
Oma: I hobma denkt, des is a Sponsor.
Karlheinz: Oma, ejtz bringst alls durchanand. Und i bin aa scho ganz bläd mit deiner Frogerei. Ejtz drah i'n Fernseh o, sunst wir i narrisch.
Oma: Des vüle Fernsehschaun is eh ned gsund. Des mocht aggressiv. Schau di o, du bist nervlich scho ganz firte. Des kimmt vo dem Fernsehschaun!
Karlheinz: *(Deprimiert)* Genau!

Mane und die Hochzeitsglocken

Eine Fortsetzungsgeschichte in zwölf Kapiteln ohne bzw. mit Happy-End. Je nachdem, wie man's nimmt.

Erstes Kapitel
Wie sag ich's meiner Mama?

Mane: Du, Mama, i … i hätt wos zum besprecha mit dir.
Mama: I konn ejtz ned, Manfred, i mou in da Küch d'Schnitzln umdrahn.
Mane: Owa des wos i sogn wüll, is wichtig, Mama!
Mama: D'Schnitzln san aa wichtig!
Mane: Scho, Mama. Owa d'Schnitzln de san bloß momentan wichtig. Wos i dir sogn wüll, is lebenswichtig!
Mama: Wos? Lebenswichtig? Ja, wos isn nacha do so wichtig?
Mane: Mama, schau her: I kimm doch ejtz in a Alter, wouma an gwisse Sachern denkt.
Mama: An wos für Sachern?
Mane: Noja, so Sachern holt. Konnsta des ned vorstelln, Mama?
Mama: Naa, Manfred, i konnmas ned vorstelln.
Mane: Mama, i möcht a Wei. Schej staad wirds Zeit, dass i heirat.
Mama: Also Manfred! Du bist doch erst 34 Johr olt! Genieß doch z'erst dei Jugend, bevor dass du an sowos denkst! Wos glaubst, wos da Papa sagt, wenn der des hört?
Mane: Dem howes scho gsagt!
Mama: Und? Wos hod er gsagt?
Mane: Dass eam des wurscht is.
Mama: Des is typisch dei Voda! Dem is alles wurscht! Owa mir is dei Schicksal ned wurscht. Schau her, Manfred, du hostas doch guat bei mir: I koch für di, i moch dei Bett, i wosch dir dei Wäsch … ejtz stell dir amol vor, a fremde Frau daad deine Unterhosn woschn. Ned zum ausdenka!
Mane: Ja, owa Mama, des waar doch dann koa fremde Frau ned, sondern mei Frau, wal i waar ja dann mit ihr verheirat.

Mama: Mit wem?

Mane: Mit dera, de wos meine Unterhosn woscht.

Mama: Ja sog amol, host du vielleicht scho a Freindin und i woaß gor nix?

Mane: Naa, Mama. Owa i möcht an a Ehevermittlung schreim. Amol schaun, wos de aso aaf Lager hammand.

Mama: Wos?? Du daadst dir einfach a Wei aussoucha ohne dei Mutter? De wos di 34 Johr aafzogn hod? Des stinkt mir fei scho. *(Weinerlich)* Gewaltig stinkt mir des!

Mane: Apropos stinka: Wos schmeckt denn do so verbrennt?

Mama: Oläg! Meine Schnitzl! Ejtz san d'Schnitzl vobrennt! Do san bloß deine Weiber schuld! I hob ejtz koa Zeit mehr für dein Zeig. I mou in d'Küch. *(Enteilt in die Küche.)*

Mane: Dankschej für de Unterstützung!

Zweites Kapitel
Wozu hat man Freunde?

Mane: Du Fonse, amol a Frage: Du bist doch mei bester Freind!?

Fonse: Äh klar!

Mane: Wos daadst du sogn, wenn i heiratn daadert?

Fonse: „Hä Mane", daad i sogn, „hä Mane, alle Achtung!" daad i sogn. Mi daad des unheimlich gfrein. Mei bester Freind und heiratn! Wenigstens oana vo uns! Wos host denn nacha für oane?

Mane: Koane!

Fonse: Koane?

Mane: Koane!

Fonse: Gor koane?

Mane: Überhaupt koane!

Fonse: Hm ..., dann is's Heiratn ejer schwierig!

Mane: Owa i mecht mir oane soucha. Mei Mama sagt zwar, dass des ned braucht, owa i bin doch scho 34 Johr olt!

Fonse: Dei Mama! Wouher wüll denn des Wei wissn, wos du brauchst? Du woaßt scho selber, wos du brauchst. Oder, Mane?

Mane: Genau, Fonse! I woaß, wos i brauch. Und i brauch a Wei, dass des klar is!

Fonse: Jawoll Mane! Hm ... owa wej mochst des? Deine Hobbies san Fernsehschaun, Schofkopfspüln und Angeln. Do lernst normal koane kenna.
Mane: Normal ned. Drum wüll i beiana Vermittlung mitdou.
Fonse: A Partnervermittlung?
Mane: Eigentlich a Partnerinvermittlung, wal Partner wüll i koan. Mir wennst ned gangst!
Fonse: Eam schau o! A Partnerinvermittlung. Mensch Mane, du bist fei a Hund. Des hätt i dir gor ned zoutraut. I hob awl gmoint, du bist schüchtern.
Mane: Do kennst mi schlecht. I hobma denkt: Ejtz is scho wurscht! Ejtz greif i o! Soll a Hunderter hi sa. Wennst rechnest, wos heitzutogs zum Beispiel a Führerschein kost, nacha konnma für a Wei aa scho amol wos ausgem, oder?
Fonse: Genau, Mane, du segst des vollkommen richtig.
Mane: Owa meiner Mama derfst nixe sogn.
Fonse: Eh klar, vo mir hört neamad nix. Des is a Ehrensach!
Mane: Dankschej Alfons! Du bist holt a Freind. Du, apropos Freind, kannst du mir vielleicht hülfa? I mou ejtz a Vorstellung an de Vermittlung schreim, wos i überhaupt für oana bin. Owa i hob überhaupt koa Vorstellung vo dera Vorstellung. Kannst du mir eventuell a boor Tipps gem? Kennste du do aus, wosma do aso schreibt?
Fonse: Eh klar, Mane! I gib dir Tipps vom Feinsten! Mir mochma a Vorstellung vo dir, dass d'Weiber ausflippand. I garantier dir: A jede, de wos di ned krejgt, doutse wos o!
Mane: Echt, Alfons?
Fonse: Mane, do konnste draaf verloussn. Owa in der Ruhe liegt die Kraft: Z'erst trinkma a Weißbier, dassma uns besser konzentriern kinna!
Mane: Genau! Prost, Fonse!
Fonse: Prostata, Mane!

Drittes Kapitel

Ein starker Typ

Fonse: Also, Mane, ejtz mochma amol a Analyse: Du wüllst a Wei und du wüllst in der Masse der oaschichtign Junggselln aaffolln.

Mane: Wos? I bin doch ned oaschichtig!

Fonse: Du ned, owa die Masse!

Mane: Aso, die Masse. Des stimmt.

Fonse: Eben! Also, auf gehts! Nacha mochma ejtz a Bewerbung für de Partnervermittlung. Als ersts mejßma uns folgende Frage stelln: Wer oder was bist du?

Mane: Aso a Schmarrn! Da Mane bine, des woaßt doch. Mir kennma uns doch scho seit da Schulzeit. Samma doch mitanand fünf Johr in d'Grundschul ganga.

Fonse: *(Spöttisch)* Da Mane bine! Glaubst du ernsthaft, dass do oane obeißt, wenn in da Zeitung stejt: „Da Mane bine!"? Des mou scho a weng poppig sa.

Mane: Poppig? Wej poppig? I bin doch ned poppig!

Fonse: Du wirst di wundern, wej poppig dass du bist, wenn de Vorstellung firte is.

Mane: Echt? Do bin i gspannt.

Fonse: Du wirst di wundern! Also, ofanga douma aso: Erfolgreicher Umwelttechniker ...

Mane: Ja, owa i bin doch a Heizungsbauer.

Fonse: Des sagtma doch heitzutogs vül akademischer. Sogor oana, der wej im Park d' Papierkörb auslaart, is offiziell a Leerbeauftragter.

Mane: A gej!

Fonse: Sowieso. Also, nomol: Erfolgreicher Umwelttechniker, Sportler ...

Mane: Moment! Worum Sportler? I schau doch bloß Fußball am Fernseh o.

Fonse: Hm ... sunst is nix mit Sport?

Mane: Ab und zu schau i aa Schifohrn o. Meistns im Winter, wal im Summa fohrns kaam.

Fonse: Hm ... schwierig. Du selber riahrst di gor ned?

Mane: Jamei, wandern dou i manchmal. Wenns ned rengt oder schneibt und wenns ned hoaß is oder kolt, dann wandere manchmal.

Fonse: Wandern! Des is's! Genau, wandern! Des is doch da Sport an sich!

Mane: Ehrlich? *(Stolz)* Amol bine scho am Arber gwandert! Mit da Kolpingsfamilie! Mitn Lift samma affegfohrn und dann 400 Meter z'Fouß am Gipfl.

Fonse: Wos? Am Arber? Wahnsinn! Des is ein Hammer! Nacha schreibma ned Sportler, sondern Extremsportler!

Mane: Moinst, Fonse? Glaubst, dass i extrem bin?

Fonse: Dodal extrem! Du bist a ganz a hirta!

Mane: Hä Fonse, des mocht fei Spaß, wennma aso a Vorstellung schreibt. Do kenntma erst, wosma für a Hundling is!

Fonse: Des wird no besser. Du wirst di wundern!

Mane: No besser? Stark! Wos schreibma denn no alles eine?

Fonse: Einiges! Owa ejtz trinkma z'erst in Ruhe a Holwe, dann gejts wieder weida.

Mane: Prost Fonse! Also, i bin fei echt a starker Typ!

Viertes Kapitel

I glaub, i bin erotisch

Fonse: So Mane, weida gejts. Also, wos hamma bis ejtz? Erfolgreicher Umwelttechniker, Extremsportler. Des worn de Outdoor-Aktivitäten. Ejtz gemma amol Indoor. Lest du gern?

Mane: Jamei, Playboy, Praline, Wochenend, in dera Richtung holt.

Fonse: Aha! Nacha schreibma: Kulturell interessiert.

Mane: Also, lesn dou i weniger. I schau ejer de Büldln o, woaßt scho. Lesn dou i eigentlich bloß d'Witze.

Fonse: Des is guat. Nacha schreibma glei „humorvoll" aa no dazou.

Mane: Owa hauptsächlich is wega de nockerten Weiber.

Fonse: Is scho klar. Hm ... wej schreibma do? Hm ...

Mane: Und wennst schreibst: „Liebt nackerte Weiber"?
Fonse: Spinnst du? Des konnma doch ned schreim. Des schreckt voll o! Naa, do schreibma „erotischer Typ". Des hörtse guat o.
Mane: Mensch, Alfons, du bist fei a Hund! Erotischer Typ! Wahnsinn! Des hob i fei sölber ned gwisst, dass i a erotischer Typ bin. Des hör i heit 's erste Mol.
Fonse: Guat, dass du mi host, Mane. Owa ejtz wirds ernst. Ejtz kemma zu de Finanzen!
Mane: Owej! Do schauts schlecht aus!
Fonse: Von wegen, Mane. Frage: Konnst du dir a Weißbier kaffa, wenn di dirscht?
Mane: Ja frale!
Fonse: Und a Sulz, wenn di hungert?
Mane: Sowieso. A Sulz gejt allawal!
Fonse: Also nacha. Na schreibma: „Finanziell unabhängig!"
Mane: Stark, Fonse. Wejsde du ausdrucka konnst, des is echt stark!
Fonse: Gell, Mane. Jamei, wer ko, der ko. Moment, ejtz follt mir no wos ei: Host du irgend a Funktion? A Amt praktisch.
Mane: A Amt? Ja scho, im Schützenverein bin i zwoater Kassenprüfer.
Fonse: Optimal. Dann kinnma „Führungsposition" schreim. Also, pass aaf: Manfred, Anfang 30, erfolgreicher Umwelttechniker in Führungsposition, Extremsportler, kulturell interessiert, humorvoll, erotischer Typ, finanziell unabhängig ...
Mane: ... sucht ein Wei!
Fonse: *(Spöttisch)* Sucht ein Wei! Primitiver gejts nimmer! Sucht ein Wei! Du souchst koa Wei, sondern an Hammer!
Mane: An Hammer? Worum an Hammer? I wüll heiratn, ned nogln.
Fonse: Is scho klar. I moin, des Wei mou ein Hammer sa.
Mane: Aso! Ja genau. Ja, wej schreibma ejtza do, wenn de a Hammer sa soll?
Fonse: Des mochmas naxte Mol. Nix überstürzn! Für heit glangts. I bin geistig scho direkt ausbrennt!

Mane: Des is ned guat. Dann wortma lejwa bis morgn und schreibma dann weida. Wal wennst du ausbrennt bist, bringt des nix, wal mir follt nix ei.
Fonse: Eben!

Fünftes Kapitel
Die Roten und die Schwarzen

Fonse: So, Mane, ejtz wirds ernst. Ejtz gejts um d'Wurscht. Mir brauchma ejtz a Partnerprofil.
Mane: A Wei brauch i, koa Partnerprofil.
Fonse: Is scho klar, Mane. Owa mir mejßma ejtz formuliern, wos du für a Wei brauchst.
Mane: Ja mei, a Wei holt.
Fonse: A Wei holt! So ein Krampf! Des is genau aso, wej wennst zum Metzger gejst und sagst: „A Wurscht holt!"
Mane: Du redst di leicht. Glaubst du, i hob d'Brautschau studiert?
Fonse: Ejtz reg di ned aaf! Fangma amol ganz einfach o: Wej olt solls sa? Zwanzig? Dreißig? Vierzig?
Mane: Also, wennst mi fragst: Lejwa Zwanzig, wal do hob i länger wos davo.
Fonse: Eam schau o! Du bist o a ganz a grissner. Owa du host scho recht. Älter wernds vo sölber.
Mane: Des is guat. Des is a starker Spruch!
Fonse: Meine Sprüch san awl stark. Also, a Zwanzigjährige. Und weida? Haarfarbe?
Mane: Hm ... Haarfarbe ... hm. Aaf koan Fall a Routhoorige! De san so bejs!
Fonse: Wej kimmst denn aaf des? Worum san Routhoorige bejs? Des hob i no nie ghört.
Mane: Mei Cousin, der hod a Routhoorige. De is a direkter Deifl. Hä Fonse, obstas glaubst oder ned: Der mou dahoam sogor frogn, ob er aafs Klo gej derf. Wenn de frisch putzt hod und er mou mittndrin aafs Klo, wos glaubst, wej de den oschaut. Do kanntsda vergej, aso schaut de.

Fonse: A gej!
Mane: Wennadas sog. Und letzts Johr, do hod er a Lungenentzündung ghod, wal er bei Wind und Weda zum Raucha am Balkon ausse mou.
Fonse: Ja mi host ghaut. A Lungenentzündung?
Mane: Ja. Direkt in da Lung! Und drum wüll i koa Route ned. Scho wega da Lungenentzündung.
Fonse: Ja guat, i wüll di ned zwinga. Mir is des wurscht. Du souchst oane, ned i. Wennst du sagst „koa Route", dann holt koa Route. Nacha nehma holt a Schworze.
Mane: A Schworze? Bou, i woaßs ned.
Fonse: Wos woaßt ned? San de Schworzn aa bejs oder wos?
Mane: Des ned. Owa de Schworzn san angeblich recht fad. Direkt lätschert.
Fonse: Ja sog amol, spinnst du? Worum solln denn de fad sa? Wer sagt denn so an Krampf?
Mane: Des hob i amol glesn.
Fonse: Woaßt wos, Mane, des is fei anstrengend mit dir. I hätt ned glaubt, dass des aso a Gfetz wird, bisma mir für di a Partnerinprofil beianand hamma. I glaub, mir brauchma z'erst no a Weißbier zwecks da Konzentration. Prost!
Mane: Prost nacha! Owa de Schworzn san angeblich echt a weng fad.
Fonse: Ejtz trink und bi staad!

Sechstes Kapitel

Die Traumfrau

Fonse: So Mane, ejtz mejßma a weng Gas gem, sunst krejgst du nie a Frau. A Route wüllst ned, a Schworze wüllst ned. Nacha nehma holt a Blonde.
Mane: Um Gottes Wülln! Des is nix. De san a weng unterbelichtet. Denk bloß an de ganzn Blondinenwitze!
Fonse: Also Mane, so ein Schmarrn! De Blondinenwitze derfst doch ned ernst nehma, des san doch bloß Witze. Wenns noch de Witze gang, mejssertn alle Österreicher bläd sa.

Mane: Sans o.
Fonse: Mensch Mane, i bin direkt schockiert, wos du für Vorurteile host!
Mane: Vorurteil hi, Vorurteil her, a Blonde wüll i ned und aus!
Fonse: Woaßt wos, Mane, ejtz moge dann bold nimmer. Wennstde weida aso ostellst, nacha mousst a Platterte nehma!
Mane: So ein Schmarrn! A Platterte wüll i ned, de hod ja koi Hoor ned. Stell dir des vor, wej des ausschauert: I und danem a Platterte. Wahnsinn!
Fonse: Wals wohr is. Wos du für Ansprüch host, des is fast scho unnormal. Irgend a Hoorforb mouss doch hom. Na bleibt hejchstens no brünett.
Mane: Genau! Brünett is nett. Mir kanntma zum Beispül schreim: Ich such eine Füllung für mein Bett, am liebsten waars mir in brünett! Des waar doch guat, oder?
Fonse: Woaßt wos du bist, Mane? A richtiger Knallkopf!
Mane: Worum? Findst du des ned guat?
Fonse: Wos hoißt do guat. Für a Heiratsanzeige is des zu unseriös. Naa, mir schreibma ... hm ... suche gutaussehende ca. zwanzigjährige Partnerin, brünett, mittelgroß ...
Mane: Mittelgroß passt. Wal a drum Bohnenstang is nix und aso a Mops aa ned. Mittelgroß, des passt.
Fonse: Eben! Also: Mittelgroß, häuslich ...
Mane: Naa, Haus brauchts koans. I krejg ja des vo meine Leit.
Fonse: „Häuslich" hoißt doch ned, dass a Haus hod, sondern dass a Haus in Ordnung holtn konn!
Mane: Aso. Dann is häuslich in Ordnung. Und an Humor solls hom. A Zwiderwurz mog i ned.
Fonse: Also guat, häuslich und humorvoll. Waars des dann?
Mane: Jawoll, passt. Omei Fonse, i bin ja scho gspannt. Moinst, dass oane obeißt?
Fonse: Oane? Massen! Du wirst di wundern. Owa ejtz bring amol z'erst dei Zeig zu da Vermittlung und dann schauma amol.
Mane: Omei, omei, i bin ja scho sooo gspannt!

Siebtes Kapitel

Fehlstart

Mane hat sein erstes Treffen mit einer Kandidatin. Schon seit einer Stunde sitzt er allein an einem Tisch im Bistro und wartet. Die Nervosität ist groß. Der Durst auch.

Bedienung: Derf i Eahna no a Weißbier bringa?

Mane: Oans gejt no. Aller guatn Dinge san vier. Sie, des is fei a schejns Wirtshaus!

Bedienung: Gfollts Eahna?

Mane: Ein-band-frei! Hicks. Hoppala, ejtza moine hob i'n Schnackla!

Bedienung: Eigentlich is ja a Bistro, koa Wirtshaus.

Mane: Aha! Owa ein-band-frei, de Bude. Hicks. Nix für unguat, owa mir koppt des Weißbier dermaßen affa, dass nimmer schej is.

Bedienung: Sie, es gejt mi ja nix o. Owa Sie schaun dauernd aaf de Tür hi. Wartn Sie aaf jemandn?

Mane: Des kinnans laut sogn. Hicks. Im Vertrauen, i wort scho lang aaf a Wei!

Bedienung: Omei, do sans ned da oanzige. Do wortn andere aa draaf.

Mane: *(Erschrocken)* Wos? Andere aa? Wer nacha no? Hicks. Wou sitznd denn de andern?

Bedienung: Naa, ned do herin. I moin des allgemein. Vül Manna wortn aaf a Wei. Allgemein.

Mane: Aso, allgemein. Nacha bine scho beruhigt. Bei mir is des wos anders. I wort aaf a spezielle, aaf a gwisse! Hicks.

Bedienung: Wej schauts denn aus, die Dame? Vielleicht howes scho gseng.

Mane: Keine Ahnung, wej de ausschaut. Hicks. Keine Ahnung. Wahrscheinlich brünett. *(Leise, geheimnisvoll)* Sie, im Vertrauen: I soll do heit mei erste Kandidatin treffa. Heiratsvermittlung! Hicks. Erkennungszeichen Bild-Zeitung. Und i, schlau wej i, hicks, bin, bin scho a Stund ejer eina. Wal dann seges, wenns kimmt. Und wenns, hicks, guat ausschaut, dann gib i mi zu erkenna. Wenns schlecht ausschaut, dann hoißt die Devise: Mane, ruhig verhalten und unauffällig flüchten. Hicks. Hähähä, a Hund bine scho!

Bedienung: Sie, de junge Dame do hintn am kloan Tisch, de is scho seit oanaholb Stundn do und de hod mir genau 's Gleiche erzählt. I glaub fast, des is Eahna Kandidatin.

Mane: De do hint? Ja, mi läckst. De schaut fei guat aus. Hicks. Do mou i hī. Holt aus, ejtz howe an Stöhl umgrennt. Mei, a jede Holwe kennst. Habed'ehre, schöne Frau! I waar ejtz da Manfred! Hicks. Woaßt scho, Extremsportler, erotischer Typ. Hä, du schaust fei ein-band-frei aus! Hicks. Tschulligung, des is des Weizen. Des treibt dermaßen!

Frau: Bedienung! I hob zwoa kloane Wasser. 's Geld hob i higlegt, stimmt scho! Wiederschaun. *Verlässt fluchtartig das Lokal.*

Mane: Hörausch, wos wor denn ejtza des für oane? Hicks. Aso a Goaß! Haut de einfach ab. Sagt ned muh und ned mäh. Ja, wenn des aso is, na konnsma gstohln bleim. Aso a bläde, hicks, Hehn!

Achtes Kapitel

Es kann bloß besser werden

Mane: So Fonse, ejtz woaßt, wej mei ersts Rendevouz gloffa is.

Fonse: Aaf deitsch gsagt: Dodal danem. Mensch Mane, wej konnst du aa aaf nüchtern Mogn vier Weißbier einesaugn. Des is doch a Wahnsinn!

Mane: Jamei, i wor holt nervös. Wort du amol a Stund aaf a Wei! Nacha waarst aa nervös.

Mama: *(Argwöhnisch aus der Küche)* Wos für a Wei? Wer wort aaf a Wei?

Fonse: Neamad wort aaf a Wei, kein Schwein.

Mama: Manfred, i hobs genau ghört. Wos für a Wei? Host du ebba a Freindin und i woaß nix?

Mane: Naa, Mama, i hob koane I wollt, i hätt oane.

Fonse: Er hod koane, des konn i bezeugn, Frau Obermeier.

Mama: Ach, bi doch du staad. Ehs zwoa steckts allawal unter oana Deck! Glaubts bloß ned, dass i bläd bin!

Mane: Also guat, Mama. I hob an a Heiratsvermittlung gschriebn. Und da Fonse hod mir dabei gholfa.

Mama: Akkrat der? Der hod doch vo Haus aus koa Ahnung. Der find doch sölber koane!

Fonse: Also göll, Frau Obermeier, aso is des aa ned. I daad scho oane finden, owa i mog koane. I bin koa Familientyp, i bin mehr aso a lonesome Cowboy.

Mama: Lonesome Cowboy! Du bist hejchstns a lonesome Depp!

Fonse: Öha!

Mama: Manfred, wennst unbedingt moinst, dass du oane soucha mousst, dann frog ned den do, sondern mi. I hob do mehr Erfahrung. I wor aa amol jung und fesch.

Mane: Wos? Du?

Fonse: Also Frau Obermeier, des wor ejtz echt a guada Joke. Hähähä! Voll hirt!

Mama: Wos soll denn des bläde Locha? Glaubts ehs vielleicht, i bin aso aaf d'Wölt kemma?

Fonse: Aso vielleicht ned. Owa so ähnlich.

Mama: Reißde bloß zamm, Bürscherl!

Mane: Mama, du kennst uns doch. Mir moinmas doch ned bejs.

Fonse: Niemals, Frau Obermeier! Mir wissma Eahnan Rat zu schätzen. Wenn wos is, dann frongma Sie. Versprocha! De erste Frage hob i scho: Verbrennt do wos?

Mutter: Um Gottes Wülln! Meine Schnitzl! Ned scho wieder. Do san bloß deine Weiber schuld! *(Hastet in die Küche.)*

Mane: *(Schreit ihr nach)* I hob ja no gor koane. De erste Kandidatin is scho futsch!

Fonse: Ach, louss sa! De erste is normal eh koa gscheide. Pass aaf: De zwoate wird besser.

Mane: Moinst ehrlich?

Fonse: Sowieso! Merke: Man nimmt nicht gleich das erste Wei, man wartet auf die Nummer zwei!

Mane: Stark!

Neuntes Kapitel

Alte Kameraden

Und wieder sitzt Mane im Bistro. Heute wartet er auf die zweite Kandidatin. Da kommt sie schon.

Renate: Ähem ... Manfred? Umwelttechniker?
Mane: Renate? Textilfachverkäuferin?
Renate: Ja genau, des bin i.
Mane: Ja super! Dann bist du de Nummer zwoa!
Renate: Nummer zwoa?
Mane: Ja, des mit da Nummer oans, des wor nix. Owa des is ejtz wurscht. Du schaust fei guat aus!
Renate: Oh, danke! *(Skeptisch)* Du, ejtz mou i amol dumm frogn: Du kimmst mir dermaßen bekannt vor. Konn des sa, dass du Obermeier hoißt?
Mane: Genau. Du, wenn i di aso oschau: Du bist doch d'Schneider Renate.
Renate: Des derf doch ned wohr sa! Ejtz hob i drei Monat braucht, bis i mir traut hob, an de Heiratsvermittlung zu schreim und dann is da erste, der mir vermittelt wird, da Obermeier Manfred, der wos mit mir in d'Schul ganga is. I glaub, i spinn!
Mane: D'Renate! Ja, gibts des aa! Host du aa koan krejgt?
Renate: Wos hoißt do „koan krejgt"? I hob einfach mei Leben genossen und ejtz schau i mi a bisserl um.
Mane: Is scho klar, wor ned bejs gmoint. Du Renate, woaßt an wos dass i denk, wenn i di seg? An dei brutale Brülln in da Schul. Also, ohne Schmarrn, de hod echt beschissn ausgschaut! Woaßt, wosma mir Bouma awl für an Spruch ghod hamma? „Lieber zwei Stund Mathe als fünf Minuten mit Renate!" Stark, ha?
Renate: Hahaha, des is vielleicht lustig. Am allerschlimmsten wor immer da ander Blädl, der wos dauernd mit dir beianand wor. So Cowboystiefl hod er immer anghod.
Mane: Da Fonse! Der is heit no mei bester Freind!
Renate: Gratuliere! Wos habts ihr zwoa eigentlich damals noch da sechstn Klass gmocht?

Mane: Nomol de sechste!
Bedienung: Wos derf i zum Trinka bringa?
Mane: Sie, des is d'Renate! A olte Schulkameradin vo mir. Stellns Eahna des amol vor: Do schreibst an a Heiratsvermittlung, nacha kimmt sie daher. Ein Wahnsinn!
Renate: Des brauchst doch ned dera Frau verzühln!
Mane: De woaß Bescheid. Bringens mir a Weizn! Und wos wüllst du, Renate?
Renate: A sauerne Apflschorle.
Bedienung: Kimmt sofort.
Mane: Ejtz hockma do, mir zwoa Norn!
Renate: Des konnst laut sogn!
Mane: Owa du schaust fei echt besser aus wej damals, ohne Flax. Scho wega da Brülln!
Renate: I hob ejtz Kontaktlinsn. Du schaust fast no genau aso aus wej damals. Bloß mehr Bauch und wenga Hoor. Also, dass des klar is: Übers Heiratn brauchma mir zwoa uns ned unterholtn.
Mane: Is scho klar. Nacha ratschma holt a weng über de oltn Zeitn. Prost Renate!

Zehntes Kapitel

Das Kreuz mit der Kultur

Und wieder kommt eine neue Kandidatin ins Bistro, von Mane schon sehnsüchtig erwartet.

Mane: Roswitha? Brünett?
Roswitha: Manfred? Extremsportler? Führungsposition?
Mane: Ja genau. Und erotischer Typ! Sitzde her do zu mir!
Roswitha: Danke schön! Und Sie sind kulturell interessiert?
Mane: Kulturell? I? Aso, jaja, dodal interessiert. I sog allawal: A weng a Kultur hod no koan gschod!
Roswitha: Das ist mir außerordentlich wichtig. Ich bin nämlich ein regelrechter Kulturfreak.
Mane: A gej! Magst wos trinka?

Roswitha: Eine heiße Schokolade bitte.

Mane: An hoaßn Schokolad? Noja, wers mog. I mog ned amol an koltn. Bedienung! An hoaßn Schokolad für sie do!

Roswitha: Ich war im August in Nabucco! Ich kann Ihnen sagen: ein Traum!

Mane: In Nabucco? I wor in Zell am See. Wor aa ned schlecht!

Roswitha: Haha! Sehr humorvoll! Aber ernsthaft, der Gefangenenchor: wun-der-bar!

Mane: Da Gefangenenchor? Wos alls gibt! Jamei, de hammand Zeit im Zuchthaus. Des schod dene gor ned, wenns zwischendurch amol a Liadl singand. Na vergejt d'Zeit schneller. Bloß wal oaner an schlechtn Charakter hod, mou er ned unbedingt a schlechte Stimm hom. Aso seg i des.

Roswitha: Also, jetzt muss ich Sie wirklich mal ernsthaft fragen: Wissen Sie denn nicht, was Nabucco ist?

Mane: Ehrlich gsagt, naa.

Bedienung: So, eine heiße Schokolade. Bitteschön!

Zuruf: Hä Bedienung! Zahln! Zwoa Bienenstich und a Sulz!

Roswitha: Was haben Sie eigentlich für einen Musikgeschmack? Hören Sie gerne Chopin?

Mane: Also, mehr weniger. Mir liegt des neimodische ned aso. I lusma gern amol d'Kastelruther o oder'n Bata Illic.

Roswitha: Waas? Wie kommen Sie dazu, sich als kulturell interessiert zu bezeichnen? Wir beide könnten nie eine gemeinsame Basis finden. Nur damit Sie es wissen: Ich spiele Bratsche!

Mane: Bratsche? I spül Schofkopf! Jedn Dienstog. Spiel zwanzig, Solo fünfzig.

Roswitha: Also, da hört sich doch alles auf. Bedienung, zahlen!

Mane: Des zohl i. Des is ejtz aa scho wurscht.

Roswitha: Nein, vielen Dank! Meine Schokolade zahle ich selber!

Bedienung: Vier Mark bitte!

Roswitha: Hier, bitteschön! Auf Wiedersehen. Bata Illic! Ich glaube, ich spinne.

Bedienung: *(Zu Mane)* Des war wohl heit wieder nix?

Mane: Owa scho glei gor nix! Ob des no wos wird mit mir?

Bedienung: Man derf d'Hoffnung nie aafgebn!
Mane: Genau! Und ejtz krejgert i bittschön aa Weizen!

Elftes Kapitel

Es lebe der Sport

Mane sitzt wieder im Bistro und wartet gespannt auf die nächste Kandidatin.

Bedienung: Grüß Gott, der Herr! Kimmt ebba heit wieder a neie Kandidatin?
Mane: Druckansma d'Daam, dass amol wos gscheits dabei is. Bis ejtz is außer Spesen nix gewesen.
Bedienung: Toi, toi, toi! Wos derf i zum Trinka bringa?
Mane: Heit nimm i a Radler, wal mi dermaßen dürscht.
Bedienung: Einmal Radler. Aah, ejtz moine, kimmts scho, de Dame!
Mane: Oläg! De schaut guat aus! Alle Ehre! Fast a weng wej d'Claudia Schiffer. Bloß anders.
Bedienung: Also nacha: viel Glück!
Petra: *(Außer Atem)* Entschuldigung? Manfred? Extremsportler?
Mane: Ja, genau. Und du bist ebba d'Petra?
Petra: De bin i. Dann hamma mir zwoa praktisch a Verabredung heit?
Mane: *(Begeistert)* Ja super! Sitzde her! Rengts ebba draußt?
Petra: Naa, wieso?
Mane: Walsd so nasse Hoor host.
Petra: Naa, i schwitz bloß a bisserl, wal i herjoggt bin.
Mane: Do schau her. Sportlich, sportlich!
Petra: Noja, is ned so schlimm. Es san ja bloß acht Kilometer.
Mane: *(Erschrocken)* Wos? Acht Kilometer? Bloß?
Petra: Ja guat, für an Extremsportler wej di san 8 Kilometer natürlich gor nix, des is scho klar. Wos mochst nacha du für Sportarten?
Mane: *(Verlegen)* Jamei, also so direkt, also sognma amol konkret, praktisch speziell gseng, also – am Arber bin i kürzlich affe.

Petra: Am Arber? Mitn Mountainbike?

Mane: Naa, mit da Kolpingfamilie. Wos mochst nacha du aso? Außer am hellejchtn Dog acht Kilometer renna?

Petra: Mei, verschiedenes. Free-climbing, River-rafting, Drachenfliegen, Tiefseetaucha, Radlfohrn, owa ned so extrem. Hejchstens amol fünfzig Kilometer zum Lockerbleibn.

Mane: Zum Lockerbleibn, aha. Mei Liawa, du mochst fei allerhand! Owa i moin, wennma amol verheirat is, dann hörtse des vo selber aaf.

Petra: Wos? Von wegen! Dann gejts erst richtig lous! Mit Partner is des Ganze doppelt so schej!

Mane: A gej. Doppelt?

Petra: No frale. Owa ejtz im Ernst: Wos mochst nacha du für an Extremsport?

Mane: Also, wenn i ehrlich bin, eigentlich gor koan. Eigentlich bloß Wandern.

Petra: Wandern? Wo nacha? Am Dachstein? Im Himalaja?

Mane: Eher am Vatertag.

Petra: *(Erbost)* Also, unter Extremsportler stell i mir wos anders vor. I hobmas fast scho denkt, wej i dei schwammige Figur gseng hob. Des wird nix mit uns zwoa!

Mane: Jamei, i hob mir holt denkt, wal da Fonse, mei Freind, der hod gmoint …

Petra: Des is mir egal. I verschwind. Außerdem is mei Muskulatur scho ausgekühlt. Des is ned guat für mei Fitness.

Sie verlässt das Bistro.

Bedienung: Wos war ejtz des?

Mane: Des wor extrem!

Zwölftes Kapitel

Guten Appetit!

Bedienung: So, bittschön, ein Weißbier! Zum Wohl!

Mane: Dankschön! Holt, ejtz moine kimmts, mei heitige Kandidatin. Schaut gor ned schlecht aus. A weng dürr is.

Bedienung: Kimmt scho her zu Eahna. Nacha wüll i nimmer störn. Also: Toi, toi toi!

Birte: *(Mit dünnem Stimmchen)* Hallo! Du bist wohl Manfred?

Mane: Der bine. Und wej hoißt nacha du?

Birte: Birte ist mein Name.

Mane: Ja do schau her! Wos alls gibt! Des gfreit mi, dass du glei du sagst. Do doutmase leichter.

Birte: Wie recht du hast. In unserer Selbstfindungsgruppe duzen wir uns auch. Der kürzeste Weg zwischen zwei Menschen ist ein Lächeln und ein Du.

Mane: Do is wos dran.

Birte: Wir beschäftigen uns in der Gruppe auch mit Ernährung!

Mane: A gej! Is des aso a Art Kochkurs?

Birte: Nein, wo denkst du hin! Es geht in erster Linie um die Einstellung zum Leben.

Mane: Bei mir gejts ejer um d'Einstellung vo da Heizung. I bin a Installateur. Prost!

Birte: Du trinkst Alkohol?

Mane: Naa, naa, des is bloß a Weißbier. Alkohol waar nix für mi. Scho wega da Gsundheit.

Birte: Ich beschäftige mich sehr intensiv mit dem körperlichen Wohlbefinden. Ein Grund für viele Krankheiten sind Darmpilze.

Mane: Omei, do hob i heit jede Menge im Darm! Mir hamma gestern a Schwammerlbrej ghod.

Birte: Haha. Ich zum Beispiel nehme keinerlei tierische Produkte zu mir. Ich bin schon seit Jahren veganisch.

Mane: A gej! I bin katholisch. D'Katholiken essnd im Prinzip alls. Bloß z'Freitern gibts bei uns koa Fleisch ned. Meistens an Brothaaren.

Birte: Auch sowas esse ich nicht. Wie gesagt: keinerlei tierische Produkte! Ich erwarte dies übrigens auch von meinem zukünftigen Lebenspartner. Ich will nicht, dass er sich vom Fleisch ermordeter Tiere ernährt.

Mane: Ermordet? Des is doch koa Mord. Nimm zum Beispül a Sau. Da Sinn vo da Sau is doch, dass gessn wird. A Sau hod doch sunst koan Sinn. Kennst ned den Witz, wej oa Sau zu da andern sagt: „Omei, wos wird aus uns amol werdn?“ Na sagt de ander Sau, „Des is eh wurscht!“ Hahaha! Verstejst? Sau – Wurscht! Hahaha!

Birte: Ich bin geschockt. Du bist ein Barbar.

Mane: Ja sog amol: Is des versteckte Kamera oder wos? Selbstfindungsgruppe, Darmpilz, Birte, Mord an da Sau, des is doch ned normal. Is des a Verarschung? Du konnst doch ned echt sa.

Birte: *(Empört)* Also, mir fehlen die Worte! Lebe Wohl Manfred. Ich wünsche dir Einsicht und Besserung! Barbar!

Bedienung: Wos wor ejtza des?

Mane: Wos des genau wor, woaß i aa ned. Aaf jedn Fall wors nix für mi. Und ejtz bringens mir a Currywurscht! Grod mit z'Fleiß! Und a Kandidatin wüll i so schnell aa nimmer segn! Vorerst glangtsma!

Es gibt bestimmte Ereignisse im Leben, die rücken auch den ganz normalen Bürger kurz ins Rampenlicht der Öffentlichkeit. Man steht in der Zeitung, man kriegt Besuch von der örtlichen politischen und kirchlichen Führung und die Geschenkkörbe mit kalorienarmen sowie zuckerfreien Artikeln häufen sich. Ein solches Ereignis ist beispielsweise …

Die goldene Hochzeit

Es läutet an der Tür. Die Jubelbraut geht, um zu öffnen. Ihr Gatte, dessen Ohren nicht mehr die besten sind, hat das Läuten nicht gehört.

Gatte: Wou wüllst denn hi?

Gattin: Glittn hods!

Gatte: Ha?

Gattin: An da Tür hods glingelt!

Gatte: Aso, glittn hods! Wer wird ejtza des sa?

Gattin: Wahrscheinlich a Gratulant.

Gatte: Ha?

Gattin: *(Laut)* Zum Gratuliern wird holt ebba kemma!

Gatte: Am End is gor a Gratulant!

Gattin: *(Resigniert)* Ja, is scho recht.

Die Gattin öffnet die Tür. Draußen steht, mit einem riesigen Geschenkkorb bewaffnet, der Vorsitzende des örtlichen Obst- und Gartenbauvereins. Neben ihm, mit einem kleinen Paket, der Bürgermeister.

Gattin: Griaß Gott, die Herrn! Kemmts no eina!

Bürgermeister: Bin so frei. Grüß Gott, Frau Pfeifer!

Vorsitzender: Griaßde, Resl!

Er gibt ihr umständlich die Hand, weil er den schweren Geschenkkorb halten muss.

Gattin: *(Zum Gatten)* Do schau her, Sepp, wer kemma is! So eine Ehre!

Gatte: Da Hochrainer Gfere?

Gattin: Naa! I hob gsagt. So eine Ehre!

Bürgermeister: Isa a weng a Witzbold, da Gatte? Des gfreit mi, wenn a älterer Mensch no so lustig is!
Gattin: Naa, er hört schlecht. Fast nix!
Bürgermeister: *(Peinlich berührt)* Ach so. Des hob i ned gwusst.
Gatte: Wos?
Bürgermeister: Des hob i ned gwusst, dass Sie so schlecht hörn.
Gatte: Sie mejßn lauter redn, i hör so schlecht!
Bürgermeister: *(Hilflos zur Gattin)* Er hört wirklich ziemlich schlecht!
Gatte: Wos sagta?
Gattin: Is o wurscht!
Gatte: Dann gib eam holt ebbs zum Trinka, wenn er Durscht hod!
Gattin: Omei, Mo!
Vorsitzender: *(Zum Bürgermeister)* Sogn Sie zerst ebbs oder i?
Bürgermeister: I fang o, wal i mou dann wieder weiter zu an Neunzigjährigen und danoch zur Friedhofseinweihung. Also, sehr verehrtes Jubelpaar! Ich darf ...
Gatte: *(Zur Gattin)* Wer isn der Mo?
Gattin: Ejtz bi staad! Der holt a Rede, do mousst zoulusn! *(Zum Bürgermeister)* Nix für unguat, owa kanntns a weng lauda redn, dass mei Sepp aa ebbs verstejt. Immerhin hod er aa golderne Houzat.
Bürgermeister: *(Laut)* Also, sehr verehrtes Jubelpaar! Liebe Frau Pfeifer, verehrter Herr Pfeifer!
Gatte: Schej sagta des. Mei Liawa, der Mo konn schmatzn! Des mou oan gebn sa!
Gattin: Psst!
Bürgermeister: Fünfzig Jahre in Freud und Leid vereint! Das ist gerade in der heutigen Zeit ein Grund zum Gratulieren. Heute, wo Beziehungen am laufenden Band in die Brüche gehen.
Gatte: *(Zur Gattin)* Wos am laufenden Band? Wos sagta?
Gattin: Heitzudogs loussn'se dauernd oi scheidn!
Gatte: *(Zum Bürgermeister)* Des stimmt! Des is heitzudogs a Katastrophe! Kaam druckt oan a Schoaß oder wos, dout er davo. Des

hätts freja ned gebn. Do hodma zammgholtn! Wenns aa amol a Gstritt gebn hod. A Gstritt gibts überoll. Wenns koa Gstritt ned gibt, dann is aa ned normal. Owa nacha hodmase holt wieder zammgrafft, gell, Res?

Gattin: *(Gerührt)* Genau Sepp, do host du recht!

Bürgermeister: Auf jeden Fall darf ich Ihnen beiden herzlich zu Ihrer goldenen Hochzeit gratulieren. Ich wünsche Ihnen noch viele harmonische Jahre bei bester Gesundheit!

Gattin: Mei, vielen Dank, Herr Bürgermeister! Des gfreit uns recht! *(Laut)* Gell, Sepp, des gfreit uns!?

Gatte: *(Zum Bürgermeister)* Des gfreit uns recht! A wunderbare Rede wor des. Wunderbar. Sie, ejtz mou i amol dumm frogn: Wer san nacha Sie?

Bürgermeister: *(Laut)* Ich bin der erste Bürgermeister!

Gatte: Ach, da Buagamoaster! Des gfreit mi, dass Sie extra hergschaut hamm zu uns. *(Stolz zur Gattin)* Des is fei da Buagamoaster!

Gattin: Des woaß i scho. I kenna doch!

Gatte: Ha?

Gattin: I kenn'n Buagamoaster!

Gatte: *(Laut zum Bürgermeister)* Sie kennt Sie!

Bürgermeister: *(Erschrocken über die Lautstärke)* Ja, ja, ich habs schon gehört. Sie kennt mich!

Gatte: I kenn Sie ned!

Bürgermeister: Jamei, da konnma nix macha.

Vorsitzender: I daad ejtz aa gern wos sogn!

Gattin: No frale, Alfons, sog ebbs! Wennst scho do bist, nacha sagst aa ebbs!

Gatte: So, ejtz trinkma an Obstler mitanand. I hob an ganz an guatn!

Gattin: Ejtz wort holt amol! Da Alfons wüll zerst a Rede holtn!

Gatte: Aso! Also Alfons, auf gehts! Greif o, dassma ebbs trinka kinna!

Vorsitzender: Dauert ned lang! Also, lieber Sepp, liebe Resl! Im Namen des Obst- und Gartenbauvereins gratuliere ich recht herzlich und lege diesen Kranz nieder ... äh, Entschuldigung, ejtz bine in a falsche Rede einekemma ... und übergebe diesen Fresskorb.

Gatte: *(Gerührt zur Gattin)* Wunderbar!

Gattin: Psst! Lus zou!

Vorsitzender: Du, lieber Sepp, bist seit zweiundfünfzig Jahren Mitglied des Obst- und Gartenbauvereins, davon sechzehn Jahre als erster Kassier ...

Gatte: Dann bine zrucktretn, wal da Schreiner Paul gsagt hod, i gib zvül Göld aus! Des brauch i mir doch vo dem Deppn ned sogn loussn, oder?

Vorsitzender: Noja, Sepp, des is scho lang ume.

Gattin: Ejtz bi holt amol staad mit dem oltn Zeig!

Gatte: Wals wohr is!

Vorsitzender: Wie gesagt, sechzehn Jahre als erster Kassier, zwölf Jahre als Gwaxhauswart und sechs Jahre als Kassenprüfer.

Bürgermeister: *(Anerkennend)* Alle Ehre!

Gatte: Ha?

Bürgermeister: *(Laut)* Alle Ehre!

Gatte: Aso! Ja, genau!

Gattin: Eitz bi holt amol staad!

Gatte: *(Deutet auf den Bürgermeister)* Er hod ogfangt!

Bürgermeister: Entschuldigung!

Vorsitzender: Dann moch i wieder weida. Also, lieber Sepp, nach harten Jahren des Krieges und der Gefangenschaft ...

Gatte: *(Zum Bürgermeister)* I konns Eahna sogn: Des is a hirte Zeit gwen! Ostfront! Da Russ an sich is ned zwider. Owa da Mongol! Hinterfotzert bis zum Gehtnichtmehr! Hundskripplln in Reinkultur! Mei Liawa, mit de Mongoln wennst mir ned gangst!

Bürgermeister: A gej!

Gattin: Ejtz bi holt staad mit deine Mongoln!

Gatte: *(Zum Bürgermeister)* Psst!

Bürgermeister: Entschuldigung!

Vorsitzender: Aaf jedn Fall, lieber Sepp, hast du dir nach dem Krejg eine Existenz aufgebaut als Hausmeister. Inzwischen bist du stolzer Vater und Großvater.

Gattin: Ejtz mou i scho amol dumm frogn: Hamma ejtz mir golderne Hochzeit oder hod da Sepp Geburtstag? I bin in dera Rede überhaupt no ned vorkemma. Immerhin bin i d'Braut gwen damals vor fünfzig Johrn!

Vorsitzender: Kimmst scho no dro, Resl! I bin eh glei firte. Also, lieber Alois, somit derf ich dir und deiner Gattin Therese alles Gute zur goldenen Hochzeit wünschen. Vor allem Gsundheit und no vül Spaß am Eheleben. Und als äußeres Zeichen der Anerkennung überreiche ich ... krejgts praktisch den Fresskorb do. Mir hamma uns denkt, douma wos eine, wos eich schmecka kannt. Also, an guatn!

Gatte: Bestn Dank, Alfons! Mensch, is des a schejna Fresskorb! Owa i konn ned alls essn, wal mei Ding ned stimmt, mei ... *(Zur Gattin)* Wos stimmt ned?

Gattin: Dei Cholesterin!

Gatte: Genau! Des stimmt ned. Owa des is ejtz aa wurscht, wal ejtz trinkma a Schnapserl mitanand! An selbergmochtn. Do werds schaun! Des is a direkte Medizin!

Schenkt jedem ein Glas ein.

Bürgermeister: So, ein Wohl auf das Jubelpaar!

Alle: Prost! *Man trinkt ex.*

Vorsitzender: Mei Liawa, Sepp, des is a ganz a mülder!

Bürgermeister: Überhaupt nicht rass!

Gattin: Also Sepp, des is doch koa Schnaps ned!

Gatte: *(Unsicher)* Also, mir kimmta aa komisch vor. Sieht sich die Flasche genauer an. Ja, gits des aa! Ejtz hob i's Weihwosser dawischt! Des isma ejtz direkt zwider!

Bürgermeister: *(Leicht angewidert)* Naja, des schadet auch nix. Haha! I mouss ejtz sowieso packa!

Vorsitzender: I packs aa. Also: nomol alls Guate! Schej wors!

Gattin: Ejtz bleibts holt no do! I hol eich an echtn Schnaps.

Bürgermeister: Naa, des brauchts ned. I mou wirklich furt. Also, danke nomol! Auf Wiederschaun! *Der Bürgermeister geht.*

Vorsitzender: Pfiat eich! Und holts weida zamm, all zwoa! Haha! *Der Vorsitzende geht.*

Gattin: Also, des mit dem Weihwosser wor fei gscheit peinlich. Schau holt draaf aaf d'Flaschn, bevor dass'd de Leit wos eischenkst!

Gatte: Jamei, des is a Selberbrennda. Do is vo Haus aus koa Etikett draaf. Und außerdem bist selber schuld, wennstas Weihwosser neba d'Schnapsflaschn histellst. Des ghörtse ins Schlafzimmer eine oder ins Bad. Owa doch ned neba d'Schnapsflaschn!

Gattin: Aaf jedn Fall dou i de Flaschn ejtz weg, dass de Peinlichkeit ned nomol passiert.

Gatte: Louss do. Am End kimmt da Pforrer no. Und für den passts!

In der Spielbank

Ejtz hamma mir aa a Spielbank im Landkreis. Mir is ja praktisch wurscht, i bin ja normal koa Spielertyp. Außer Schofkopf, Pokern Lotto, Toto, Fußballwetten, Spielautomaten und Grosoberln. Owa i hobma denkt, wenns scho extra a Spielbank herbaunt zu uns, dann schaust holt amol eine, dass'd aa mitschmatzn konnst. Na bine an an Samstog higfohrn. Zu meiner Frau hob i gsagt, dass i am Stammtisch gej, sunst mochtsase bloß Gedanken und des wüll i ned. Do bine einfach z'rücksichtsvoll. Mei Liawa, aaf dem Parkplotz vo dera Spielbank, do san vielleicht Auto gstandn! Blitzblanke Limousinen. Do is mei Opel direkt aafgfolln. Ned wals a Opel wor, sondern wal er so dreckig wor. Am Eingang is oana gstandn, der hod a Haubn aafghod.
Sagt der zu mir: „Wollen Sie in das große Spiel oder in das kleine Spiel?“ Aso a bläde Frage.
„Für Erwachsene!“ hob i gsagt und wollt einegej.
„Moment!“ hod er gsagt, „wenn ich Ihnen das erklären darf: Beim großen Spiel handelt es sich um Roulette und Black Jack, beim kleinen um das Automatenspiel. Dieses befindet sich in einem anderen Raum.“
„Aha, aso is des!“ hob i gsagt, „ja dann, dann nimm i's große Spül. Automatenspüln konn i im Wirtshaus aa. Wenn i scho do bin, dann möchte i d'Kugel rolln segn!“
„Für das große Spiel benötigen Sie aber ein Sakko und eine Krawatte“ hod er gmoint, der Schlawiner.
„Wos? A Sakko und a Krawattn? Guada Mo, de Jeanshosn hod 119 Mark kost. Des is a Wrangler! A Zwischengrejß! Und für mei Lederjacken glangand koi 350 Mark ned! Bloß dass da's woaßt. Do brauch i doch koan Sakko ned. An Sakko krejg i im Schlussverkauf um 149 Mark!“ Do hod er gschaut!
„Do schau her, Chef, do host fimf Mark. Kaafda a Maß und lou mi eine!“
Nicht hoda me eineloussn! Und den Fünfer hoda aa ned gnumma. Er hod gsagt, dass i mir an Sakko und a Krawattn aus-

leiha konn. Und er hod gsagt, i soll Verständnis hom, wal Vorschrift is Vorschrift. Verständnis hob i überhaupt koans ghod. Owa wos wüllst mocha? Gega sture Böck hod a normaler Mensch wej i keine Chance.
Also, hi zu dera Blondine, de wos de Sakkos ausleiht. I hobs scho am erstn Blick kennt, dass do für mi nix dabei is, außer dera Blondine, owa de wird mi ned wülln. Ohne Sakko scho zwoamol ned. Sie hod ungefähr fünfundzwanzig Sakkos durt hängad ghod, owa da grejßte wor hejchstens a 52er. I mit meiner Figur fang normal erst bei 58 zum Probiern o. Owa wos wüllst mocha, i hob holt dann oan gnumma und zwar den geräumigsten, wos do ghod hod. Mei Liawa, hob i ausgschaut! Wej a Bräutigam im Kommunionanzug.
„Garantiern konn i fei für nix!" hob i zu dera Blondine gsagt. „I wenn nejsn mou, dann zreißts den Sakko aaf Tausend Fetzn, des stejt fest!"
Sie hod gsagt: „Es heißt das Sakko, nicht der Sakko!" Des mog i überhaupt ned, wenn a Wei so siebngscheit is. Wenna hi is, is eh wurscht, obs den Sakko oder das Sakko zrissn hod.
I hob ihr dann an Fünfer gebn und hob gsagt „Do Deandl, kaaf da a Eis!"
Nacha bine eine ins große Spiel. Owa weit bine ned kemma. Kaam bine drin gwen, hods scho ghoißn: zehn Mark Eintritt! Des Dumme wor, dass i mein Geldbeitl draußt in meiner Lederjackn vergessn hob. Also, wieder ausse zu da Blondine mit ihrane fünfundzwanzig Anzüg. Akkrat is grod mei Nachbar einakemma und hod mi natürlich gseng.
„Servus Toni! Guat schaust aus! Is der Sakko nei?" Aso ein Depp! Verarschn konn i mi selber.
„Dou di ned owe," hoda grinst, „am End is a recht a junger Sakko und er wochst no."
„Ha-ha-ha", hob i gsagt, hob mein Geldbeitl gschnappt und bin wieder eine ins große Spiel. Beim Eintrittzohln hob i dem Portier oder wos der wor an Fünfer mehr gebn und hob gsagt: „Do Moaster, kaaf dir a Currywurscht!"

Nacha hob i hundert Mark in Zwanzger-Chips umtauscht und bin hi an den ersten Roulettetisch. A Haffa Leit san umegstana und a Haffa Chips san am Tisch glegn.
„Do kenntse koa olte Sau mehr aus, wem wos ghört!“ hob i gsagt. Alle hammand „pssst!“ gsagt und i bin lejwa staad gwen. Na is Siebenundzwanzig kemma. Da Croupier hod de meistn Chips weggraamt und de meistn Leit hammand bläd gschaut, wal ehra Göld furt wor. A boor Chips hoda liegn loussn und no wos draafglegt. Des is für de Gewinner gwen. Oana is a Japaner gwen, der hod dermaßen grinst, dassma gmoint hod, er konn rundum locha.
De andern Croupiers hammand aafpasst, dass nix faahlt. Oana is aaf an houha Stöhl obngsessn, des wor anscheinend da Kapo.
„Noja“ hob i gsagt, „nacha dou i holt a Bodl mit! Soll a Zwanzger hi sa, hähä!“ Dann hob i an Zwanzger-Chip aaf Rout gsetzt, rouge hoißt des beim Roulette. A Haffa andere Leit hammand ehrane Chips no einegworfa. Aaf d'Letzt hodma mein Chip kaam mehr gseng.
„Hä gell Moaster, pass fei aaf, dass do nix wegkimmt!“ hob i zum Kapo gsagt, „der Zwanzger is fei vo mir, dass des klar is!“
„Ich weiß, der Herr hat zwanzig Mark auf Rouge gesetzt,“ hod er gsagt.
„Do, hammas scho!“ hob i gsagt. „Ned der Herr, i hob den Zwanzger gsetzt! Mei Liawa, douts me ned bscheissn. Probiern derfmas, owa wennma dawischt wird, nacha is a Ehrensach, dassmas zougibt!“
„Beruhigen Sie sich, mein Herr! Ich weiß, dass der Jeton von Ihnen stammt.“
„Wos? Wer?“
„Der Jeton. Die zwanzig Mark.“
„Genau! Worum ned glei?“ hob i gsagt. Worum sagta dann „der Herr“, wenn er genau woaß, dass i wor? Aso ein Nor!
Owa ejtz schauma, wos kimmt: Neunundzwanzig, schwarz, ungerade, Scheiße. I hättmas denka kinna, dassma in Bayern mit de Routn nix gwinga konn. Furt is'a, mei Zwanzger. Des gejt ja guat o. Kaam herin, scho im Minus. Also, probiermas nomol,

owa desmol aaf Schworz. I hob an Zwanzger Chip in d'Hejh gholtn, dassna da Kapo genau segt und erst wej er gnaupt hod, hoben aaf Schworz higlegt. Mittndrin liegt a Knopf aaf der Zahl Fünf. Wer isn do aso a Schlawiner und setzt an Knopf? Des is a Roulettetisch und koa Opferstock! Wej dann alle mi ogschaut hammand, hob i gspannt, dass der Knopf vo mein Sakko gstammt hod. Der is vo selber owagsprunga, wal der Sakko dermaßen eng wor, dass aaf de Knöpf a gewaltige Spannung draff wor. I hobna glei weg, den Knopf, wals mir direkt a weng zwider wor. Die Kugel rollt, es kimmt – die Fünf, rot.
Ja gibts des aa!? Mei Knopf hätt gwunga! Owa mei Zwanzger Chip wor wieder hi. Jamei, wenn i gwisst hätt, dass der Knopf recht hod! So, ejtz san scho vierzig Mark hi. Plus Eintritt und Leihgebühr fürn Sakko. Apropos Sakko: Zwoa Knöpf san no dran. Am End hammand de Knöpf hellseherische Fähigkeiten. Ejtz hob i a Idee: I schnauf so fest ei, dass mi aafblaaht. Vielleicht springt wieder a Knopf owa und dann woaß i, wou i mei Geld hisetzn mou. Und tatsächlich, zack, oa Knopf haut ab und saust auf die – Erd owe. Aso a Sauerei! Aaf d'Knöpf konnst di aa nimmer verloussn.
I wollt mi grod bucka und den Knopf aafhebn, owa i bin gor ned dazoukemma. Bis i gschaut hob, is a Angestellter hergsprunga und hod mir den Knopf aafghebt.
„In einer bayerischen Spielbank braucht sich der Gast nicht zu bücken“ hoda gsagt.
Des is a Service, alle Achtung! Des lou i mir eigej. I hob dann später no drei-, viermol mit z'Fleiß ebbs owegworfa: Feierzeig, Autoschlüssl, brennerte Zigrettn. Und tatsächlich: A jedsmol is oana hergsprunga und hods aafghobn. Also i mou ehrlich sogn: Des Personal is aaf Zack!
Wos mir ned gfolln hod, wor de luserte Stimmung am Roulettetisch. Glaubst, do hätt amol oana glocht oder an Schmaatz do? Nix, alle hammand bloß aaf de Kugel gschaut.
I wollt des Ganze a weng aaflockern und hob gfragt, ob der Witz scho bekannt is, wej a Österreicher sei Wei aaf Siebenunddreißig gsetzt hod, dassa's gwiss lous is. Kein Mensch hod glocht. Nacha

mog i aa nimmer, wenn do koa Reaktion ned kimmt. Aso a traurige Gsellschaft, wahrscheinlich lauter Österreicher, de den Witz ned kapiert hammand. I hob dann no zwanzig Mark aaf de ungeraden Zahlen gsetzt, na is Zwanzig kemma. Nacha hob i eigseng, dass heit roulettemäßig bei mir nix gejt und bin zum Black-Jack-Tisch ganga mit meine letztn zwoa Zwanzger. Black Jack hoißt eigentlich Schwarz Hans. Worum, woaß i bis heit ned. I kenn oan, der hoißt Schwarz Hans, owa der woaß aa ned. Am Schwarz-Hans-Tisch is mehr Gaude gwen. I hob a weng zougschaut, wej des lafft.

Na hob i zum Croupier gsagt: „Ja Mo, des is doch Siebzehn und Vier, wosds ehs do spülts!"

„Hier wird Black Jack gespielt, mein Herr!" hoda gsagt.

Noja, wenn er moint, mir solls recht sa. Bei uns dahoam hoißt des aaf jedn Fall Siebzehn und Vier. I hob dann an Zwanzger gsetzt und bei zwölf Punkten no a Kortn gnumma.

„Wird scho ned grod a Zehner daherkemma" hob i mir denkt. Akkrat is a Zehner kemma und mei vorletzter Chip wor weg. Wos dou i ejtz mit mein letztn Chip? Spül i Roulette oder Schwarz Hans? Oder tausches um und versaffs? Nix do, der Zwanzger wird riskiert und aus! Wenn d'Kouh hi is, solls Keibl aa hi sa. I gej am Roulettetisch und setz mein Zwanzger aaf Fünf. Aus Jux, wal mei Knopf grod do higflogn is. Die Kugel rollt, es kimmt – die Fünf, rot, ungerade, Wahnsinn! I hob gwunga!

„Des is mei Zwanzger!" hob i zum Croupier gsagt und vorsichtshalber aa zum Kapo. „Des is mei Zwanzger! I hob aaf Fünf gsetzt und Fünf is kemma. Do schauts all zwej, ha? Mit dem habts ned grechnet!"

Nacha hob i 700 Mark krejgt. 700 Deutsche Mark für oan Zwanzger! Und mein Zwanzger aa wieder.

Den hob i glei 'n Croupier gebn und hob gsagt: „Do, Chef, kaafda a Maß und a gscheite Broutzeit, dass ebbs dro wird an di!", wal er is recht dürr gwen. Er hodse mords gfreit, man hods eam okennt.

Ja, wos dou i ejtz mit meine 700 Mark? Hoamgej? Des is aa nix. 700 Mark san zwar a schejna Gwinn, owa direkt reich isma mit

700 Mark aa ned. De setz i ejtz aaf Schworz, nacha sans 1400 Mark und dann hodse de Gschicht rentiert. Wal in Bayern bist mit de Schworzn immer vorn dran. Die Kugel rollt, es kimmt – die Fünf, rot, ungerade, zenalln! Scho wieder Fünf! Des konn doch koa Mensch ned wissen. Obwohl, mei Knopf hods gwisst. Hätt i mein Knopf gfolgt, dann waar i ejtz a gemachter Mann. Und wos bine? A Blädl, der wos hundert Mark verlorn hod und dem wej da Sakko so eng is, dass er fast koa Luft mehr krejgt. Ejtz fohr i hoam, wal ejtz glangtsma.
I hob mein Sakko wieder bei da Blondine ogebn und mei Lederjackn ozogn. Genau in dem Moment is wieder mei Nachbar vorbeikemma.
„A guada Tausch“ hod er gsagt und aaf d'Lederjackn zoigt. Ha-ha-ha! Des is vielleicht ein Witzbold. Kaam hob i d'Jackn anghod, hod mei Handy gleit. Mei Frau wor dran.
„Ja sog amol“, hob i gsagt, „wouher woaßt denn du, dass i in da Spülbank bin?“ Kaam hob i des gsagt ghod, isma kemma, wej bläd dass i bin. Wos mei Frau zu mir gsagt hod, wüll i ejtz ned erwähna.
Aaf jeden Fall bin i seitdem zwoamol in da Spielbank gwen. Mit mein eigner Sakko. Gwunga hob i leider awl no nix. Ejtz mou i schaun, dass i zehn oder fünfzehn Kilo zounimm. Wal dann kannt vom Sakko a Knopf owaspringa und dann hätt i vielleicht a Chance.

Die Katastrophe

Das Ehepaar sitzt am Frühstückstisch. Sie liest eine Illustrierte, er die Tageszeitung.

Sie: Do stejt, dass da Caroline vo Monaco ihra Voda krank is. Der orme Mo!

Er schweigt.

Sie: Host ghört? Da Caroline vo Monaco ihra Voda is krank!

Er: Jaja.

Sie: Dout dir der ned leid? Aso a Fürst, der hod a mords Verantwortung für sei Land. Und ejtz is er krank. Des is doch tragisch.

Er: Wos hoißt do Land? Monaco is doch so kloa, dassmas aaf da Landkortn kaam segt. Do is ja da Straubinger Fußballplotz no grejßer.

Sie: Du redst vielleicht an Kaas daher! Mir dout der orme Mo aaf jedn Fall leid.

Er: Mir ned. Der scheißtse um mi aa nix.

Sie: Aso a Schmarrn! Der kennt di doch gor ned.

Er: Eben!

Sie: Gloifel! Du bist und bleibst ein gfühlloser Gloifel.

Er: *(In die Zeitung vertieft)* Jaja.

Sie: Du, morgn aaf d'Nacht kimmt da Grand Prix!

Er schweigt.

Sie: Ja sog amol, hörst du ned? Da Grand Prix kimmt morgn!

Er: Jaja. Wann kimmt er denn?

Sie: Um zwanzig Uhr fünfzehn.

Er: Richt a boor Chips und Erdniss her, falls er Hunger hod!

Sie: Hunger? Wer?

Er: No, da Ding, da ... wer kimmt?

Sie: *(Laut)* Da Grand Prix kimmt! Des is doch a Fernsehsendung! Do wird gsunga, ned Erdniss gessn!

Er: Owej! De Winslerei wenn scho wieder ume waar. Drei Stund Gschroa und verstej doust aa nix. Do leg i mi scho um achte nieder. Oder i gej am Stammtisch.

Sie: Du bist a direkter Banause. Interessiert di denn ned, wer gwingt?

Er: Wer gwingt? Des is mir so wurscht wej no wos.
Sie: Du bist unmöglich! Blättert weiter. Do stejt a Bericht übern Roy Black. Drei Seiten! Mit so schejne Büldln. Und alles über seine Probleme.
Er: Hoda ebba Probleme?
Sie: Der is doch scho gstorbn!
Er: Des aa no! Noja, amol derwischts an jedn. Koana derf do bleibn. Du ned und i wahrscheinlich aa ned.
Sie: Mensch, bist du vielleicht unsensibel! Berührt di denn gor nix?
Er: Naa.
Sie: Du bist a richtig unghobelter Mensch! De Probleme vo de andern san dir wurscht.
Er: Genau! Wal denen san meine Probleme aa wurscht. Glaubst du, dass des'n Roy Black belastet hod, wejs mir damals beim Garagebaun d'Bandscheibn aussaghaut hod?
Sie: Natürlich ned. Den interessiert doch dei Bandscheibn ned.
Er: Also nacha, hammas scho. Und mi interessiernd seine Probleme ned. Na samma quitt, da Roy Black und i.
Sie: Papperlapapp. Do lus, wos do stejt: Wenn d'Erderwärmung aso weidergejt, dann is in 250 Johrn ganz Norddeitschland unter Wosser.
Er: Owej! Dann kemmand no mehr Preißn zu uns owa!
Sie: Des derf doch ned wohr sa! Außer de Preißn follt dir do nix ei dazou?
Er: Scho. Holländer wernd aa a ganze Herd kemma. Fischköpf und Kaasköpf, des konn wos werdn. Guat, dass i dann nimmer leb.
Sie: Mensch Mo, ganz Norddeitschland unter Wosser! Des is doch a Katastrophe!
Er: Ach Schmarrn! A Katastrophe is des ned. Es is ned angenehm, des gib i zou, owa a Katastrophe is ned.
Sie: *(Empört)* Es is ned angenehm! Also, du host a Gfühl wej a Zejglstoa. Wenn de holbert Menschheit dersafft, dann is des für di „ned angenehm". Des derf doch ned wohr sa!
Er: Jaja, is scho recht. Ejtz les dei Zeitschrift und bi staad! I kimm mit meiner Zeitung überhaupt ned weider, wals'd mi dauernd

beim Lesen störst. I hob ned amol no alle Todesanzeigen durchschaun kinna.

Sie: Aha! Wennma di mit echte Probleme konfrontiert, dann is des für di a Störung. A sechana bist du. Traurig is des, traurig.

Er: Echte Probleme! Dass i ned loch! Echte Probleme! Echte Probleme san ganz wos anders!

Sie: Wos nacha zum Beispiel?

Er: Ah ... hm ... mir follt ejtz momentan koans ei. Owa aaf jedn Fall san echte Probleme ganz wos anders. *Liest weiter Zeitung.*

Sie: Omei, hob i einen Gloifel gheirat!

Er: Jaja, is scho recht. *(Schreckt plötzlich kreidebleich auf)* Des derf doch ned wohr sa! Des gibts doch ned! Wej konn denn sowos passiern?

Sie: *(Erschrocken)* Wos isn passiert?

Er: Des konns doch ned gebn. Des is a Katastrophe.

Sie: Ja sog holt endlich, wos so schlimm is!

Er: Wos glaubst, wos gestern in München passiert is?

Sie: Wos nacha? Is a Flieger ogstürzt? Oder wor a Autounfall? Oder hods brennt?

Er: Des gang ja no.

Sie: Wos isn dann passiert?

Er: Da FC Bayern hod dahoam gega Rostock verlorn!!

Die Lebenserwartung eines Mannes ist geringer als die einer Frau. Viele Leute sagen, das läge an Alkohol und Nikotin, manche behaupten, es läge am Stress, dem Männer immer noch mehr ausgesetzt sind als Frauen. Ich befürworte eher die Stress-Theorie, da mir sonst das Weißbier und die Zigaretten nicht mehr schmecken würden. Zum Stressabbau kann man vieles machen. Einige versuchen es mit Jogging. Das wäre für mich allerdings keine Erholung. Stundenlang mit einem Jogginganzug in der Weltgeschichte herumlaufen und dauernd aufpassen, dass man in keinen Hundehaufen tritt. Das ist ja noch stressiger als arbeiten. In der Arbeit muss ich nämlich bei weitem nicht soviel schwitzen, eigentlich überhaupt nicht. Erholung ist für mich Fernsehschauen, allerdings bloß, wenn ich dabei alleine bin. Wenn Frau und vor allem Kinder dabei sind, dann kann Fernsehschauen auch Stress sein. Oft wird er regelrecht zur Qual, der

Fernsehabend

Papa, Mama, Sohn (sechs) und Tochter (zehn) sitzen vor dem Fernseher. Es läuft eine Talkshow. Die Kandidaten reden über Sexprobleme. Es fällt zum wiederholten Mal das Wort „Höhepunkt".

Sohn: Papa, wos isn a Höhepunkt?
Tochter: Hihi, bist du bläd!
Papa: *(Zur Mama)* Schalt um!
Mama: I hob d'Fernbedienung ned.
Sohn: Papa, ejtz sog holt, wos isn a Höhepunkt?
Papa: Des brauchst du no ned wissen. *(Zur Mama)* Zefix, schalt holt um! Der Bou is scho ganz durchanand.
Mama: Wenn i d'Fernbedienung ned hob, konn i ned umschaltn.
Papa: *(Zum Sohn)* Hostas du wieder?
Sohn: I ned. Papa, wos isn a Höhepunkt? I wülls ejtz endlich wissen.
Papa: A Höhepunkt is ebbs Schejns! So, ejtz woaßtas.

Sohn: Nacha wüll i aa oan hobn!

Tochter: Hihi. Er wüll aa oan hobn. Mei, hob i an blädn Bruada!

Sohn: *(Weinerlich)* Bi du staad! Gell Papa, wenn de so bejs is, dann krejgts koan Höhepunkt, bloß i krejg oan? Gell Papa?

Papa: Ejtz wenn ned glei oana umschalt, dann mejssts alle zwoa sofort ins Bett gej!

Tochter: Owa es is doch erst holwe sechse!

Papa: Des is mir wurscht! Wenn des mit dem elendigen Höhepunkt ned aafhört, dann is Schluss mit Fernsehschaun. I orwat doch nedn ganzn Dog und hörma dann aaf d'Nacht eier Streiterei o. Wou isn bloß de Fernbedienung? Schauts holt amol noch, wou des Drumm is!

Mama: Wirst holt du wieder draafsitzn.

Papa: I? Tatsächlich! I hobma scho denkt: Wos druckt denn do aso? So, ejtz is glei a Rouh. Ejtz schalt i um, nacha kinnts eich eiern Höhepunkt am Hout stecka!

Papa schaltet um auf einen Sender, auf dem gerade ein Tierfilm läuft.

Papa: Jawohl! Des is amol ebbs Schejns! A Tierfilm! Do konnma ebbs lerna. I hob als Kind oft Tierfilme ogschaut, drum kenn i mi heit no so guat aus. Do schauts hi, des san Pavianaffen!

Tochter: Igitt! Hammand de an routn Orsch!

Mama: Des is direkt eklhaft!

Sohn: Papa, worum isn dene eahra Orsch so rout? San de krank?

Papa: De san doch ned krank! Wenn oana an routn Orsch hod, is er doch ned glei krank.

Mama: Also, i wenn an sechan Orsch hejt, i gang sofort zum Doktor.

Tochter: I aa!

Papa: Aso a Schmarrn! Ehs seids doch Menschn und des san Affen. Des is doch a Unterschied. Obwohl i des manchmal bezweifl, wos eich betrifft!

Mama: Reiß di bloß zamm, gell!

Tochter: Hihihi!

Auf dem Bildschirm beginnen zwei Affen plötzlich mit einem heftigen Liebesspiel.

Mama: *(Geschockt)* Franz!! Do schau hi!!

Papa: *(Hektisch zum Sohn)* Du holst mir ejtz sofort a Bier! *(Zur Tochter)* Und du Chips!
Sohn: I wüll owa des segn, dass i ebbs lern. Du host selber gsagt, do lerntma ebbs.
Tochter: I mogs aa segn!
Papa: Des is nix für eich! Ab!
Tochter: Owa du host wirklich gsagt, bei Tierfilme konnma wos lerna.
Mama: Des stimmt, Franz! Des host du gsagt.
Papa: Ja mei, i hob doch gmoint, des is a Tierfilm. Konn denn i wissen, dass des a getarnter Sexfilm is? Des konn doch i ned schmecka. Denkst du glei an a sechane Sauerei, wennst an Pavian segst?
Mama: I ned.
Papa: Also!
Sohn: Wos für a Sauerei? Worum schiebt denn der oane Pavian beim andern o?
Papa: Ejtz holts des Bier und de Chips! Owa flott!
Die Kinder holen widerwillig Bier und Chips aus der Vorratskammer. Als sie zurückkommen, wird gerade der Tierfilm für eine Werbepause unterbrochen.
Mama: Schalt um, de Werbung is a Schmarrn!
Papa: De Werbung mocht mi no ganz narrisch! Kaam schaltst ei: Werbung. Also, schauma amol.
Er schaltet um auf eine Musiksendung.
Tochter: Oh toll, d'Backstreet Boys! De san sooo süß. Lous do!
Papa: De? Niemals! Wej konn dir des bloß gfolln? De hupfand doch bloß umanand wej d'Affen.
Sohn: Hammand de aa an routn Orsch?
Papa: Wundern daads mi ned. I schalt wieder um aaf d'Talkshow. Am End is des mit dem Höhepunkt scho ume.
Sohn: Wos isn a Höhepunkt genau?
Tochter: Hihihi. I woaß. I hobs in da Bravo glesn.
Mama: Seit wann lest du Bravo?
Tochter: D'Desiree hods awl in da Schul dabei und nacha lesmas alle.

Papa: Des is de heitige Jugend. Des is typisch! Mit zehn Bravo lesn, mit zwölf raucha, mit dreizehn an Freind, mit vierzehn saffa, mit sechzehn schwanger und mit achtzehn Frührentner. Wou soll des no hiführn? I seg schworz!

Papa schaltet zurück zur Talkshow. Dort küssen sich gerade zwei Männer innig auf den Mund.

Mama: Um Gottes Wülln!

Papa: Ejtz wia i owa glei narrisch. *(Zum Sohn)* Hol a Bier!

Sohn: Owa i hob doch grod erst oans gholt!

Papa: Na holst nomol oans! Wenn mi dirscht, dann dirscht mi. Und heit dirscht mi gscheit.

Der Sohn holt bockig ein Bier, die Tochter lacht gehässig.

Papa: Du brauchst gor ned aso locha, sunst holst aa oans! *(Zur Mama)* Wega dem elendign Fernsehprogramm krejg i no an drumm Rausch. Kimmt denn do nirgends wos Gscheits?

Mama: Gib mir de Fernbedienung! Do mou doch irgendwou wos Vernünftigs kemma.

Papa gibt Mama die Fernbedienung. Mama schaltet um auf eine Kochsendung.

Mama: Des is wos Schejns! A Kochsendung!

Papa: A Schmarrn is des! A jedsmol, wenn i sowos seg, dann hungert mi schlagartig. Naa, des is nix für mi. Schalt um!

Tochter: Ja Mama, schalt um! Kocha is voll langweilig. Schalt wieder um aaf d'Backstreet Boys!

Papa: Nix do! De Dudlerei hör i mir ned o. Außerdem verstej i koa Wort. Wenns a deitscher Schlager waar, dann gangs no. Owa des Gschroa is nix für mi. Und de Hupferei! Do wird mir ganz damisch.

Die Kochsendung wird durch Werbung unterbrochen.

Mama: Des gibts doch ned, scho wieder Werbung!

Papa: Gottseidank! Hammelkeule im Wirsingbett! An so an Zeig konn doch koa Mensch ned essn. Schalt um!

Mama schaltet um auf einen anderen Sender. Dort läuft ein Prominentenmagazin. Die Moderatorin berichtet darüber, dass ein Filmstar seine Gattin betrogen hat und in flagranti erwischt wurde.

Sohn: Papa, wos isn flagranti?

Papa: Wos?
Sohn: Wal de Frau hod gsagt, den Mo hammands in flagranti dawischt, wej er sei Frau betrogen hod.
Papa: Aso, flagranti! Ja ... hm ... flagranti, des is a Stod. Oan dawischns in Straubing, oan in Garmisch und den hammands holt in flagranti dawischt. Des kimmt vor.
Sohn: Aso. Und wej hod er sei Frau betrogen?
Papa: *(Zur Mama)* Schalt um!
Sohn: Sog holt, Papa! Wej hod er denn sei Frau betrogen?
Papa: Des brauchst du no ned wissen!
Tochter: Hihihi! Mei, bist du bläd!
Sohn: Bi bloß staad, du bläde Kouh!
Mama: Also Albert! Sagtma des zu seiner Schwester?
Sohn: Ja, wals a bläde Kouh is. Gell Papa, i krejg an Höhepunkt und de ned?
Mama: Ejtz bi holt amol staad, Bou! Da Papa is scho ganz nervös.
Papa: Nervös? I bin doch ned nervös. I bin bloß grantig, wal am Fernseh aso a Kaas kimmt. Schalt um ejtz!
Mama schaltet erneut um. Zu ihrem Entsetzen erscheint eine Reportage über eine Liebesdienerin, die in schwarzen Strapsen ein Interview gibt.
Mama: Um Himmels Wülln! Do schalt i sofort weida.
Papa: Ejtz wort holt a weng! *(Zur Tochter)* Host du überhaupt dei Hausaufgab scho gmocht?
Tochter: Ja!
Papa: Dann schaustas ejtz nomol o, ob aa alls stimmt!
Tochter: Owa es stimmt doch alls!
Papa: Keine Widerrede! In dei Zimmer und aus! *(Zum Sohn)* Und wos is mit deiner Hausaufgab?
Sohn: I gej doch no gor ned in d'Schul!
Papa: Aso. Stimmt. Hm ..., dann gejst a weng in Gortn ausse, dass'd a Forb krejgst! Du bist dermaßen kaasig, dass nimmer schej is.
Sohn: Ejtz is doch scho Abend. Und außerdem rengts.
Papa: Keine Widerrede!

Mama: Schalt holt um!

Papa: Nix do, ejtz kemmand wahrscheinlich glei d'Nachrichten. De wüll i in Ruhe segn. *(Zu den Kindern)* Ab!

Die Kinder gehen widerwillig und nörgelnd.

Mama: An so an Zeig schaust du dir o! Pfui Deifl! Nockerte Weiber im Straps, sowos gfollt mir überhaupt ned.

Papa: Dann holma a Bier!

Was für ein Glück ist es, Kinder zu haben. Ein noch größeres Glück ist es, auch eine passende Oma zu haben, die auf die Nervensägen aufpasst, wenn die Eltern einmal ungestört und ruhigen Gewissens abends ausgehen wollen. Omas sind ja allgemein bekannt dafür, dass sie wunderschöne Geschichten erzählen können. Aber bei den heutigen Kindern ist dies nicht mehr so einfach, wie es früher war.

Bitte a Gruselgschicht!

Knut: Oma, derf i Nintendo spüln?
Selina: Ouh ja Oma, spülma Nintendo! Du derfst aa mitspüln!
Oma: Naa, naa, Kinderln! Ejtz spülma ned mit dem elektrischn Zeig. Wenn i scho amol an ganzn Abend do bin bei eich, dann verzühl i eich a schejne Gschicht!
Knut: Owa a Gruselgschicht! A normale is langweilig.
Selina: Genau. Bitte a Gruselgschicht!
Oma: Also guat. Owa i sog eichs glei: Wenns eich firchts, seids selber schuld!
Knut: Ah, mir firchtma uns doch ned!
Selina: Nie! Ejtz fang o, Oma!
Oma: Also, amol san da Sepperl unds Reserl in Wold ganga ...
Knut: Hihi! Wos des für komische Nam san! Sepperl und Reserl! Aso mecht i ned hoißn.
Selina: *(Kichernd)* I aa ned!
Oma: Also, Knut und Selina is aa ned grods Gölbe vom Ei!
Knut: Ha?
Oma: Ah nix. Aaf jedn Fall san da Sepperl unds Reserl in Wold ganga.
Selina: Ganz alloins?
Oma: Dodal alloins. Bloß de zwoa. Sunst wor neamad dabei. Bloß da Sepperl unds Reserl, des wor sei Schwesterl.
Knut: Hammand de des derft?
Oma: Jaja, d'Mama hods ea erlaubt.
Knut: Und da Papa?

Oma: Dem wors wurscht. Der wor in da Orwat.

Selina: Worn da Sepperl unds Reserl gega Zecken gimpft?

Oma: Gega Zecken? Hm ... ja, i glaub scho, owa des is ejtz ned so wichtig.

Selina: Doch, des is scho wichtig! D'Mama sagt, des is ganz wichtig!

Oma: Ja guat, dann worns holt ganz gwiss gimpft. Also, aaf jeden Fall san de zwoa in Wold ganga. Und wejs grod aso in Wold drin worn, hod ebbs aso do: Krrr! Krrr!

Knut: *(Skeptisch, ängstlich)* Wej hods do?

Selina: Hörst du schlecht? „Krrr! Krrr!" hods do!

Oma: Genau Selina. Krrr! Krrr!

Knut: Wos wor nacha des?

Oma: Des woaß i aa ned. Da Sepperl unds Reserl hammand Angst ghod und san immer schneller ganga, immer schneller und schneller, immer weida in Wold eine.

Knut: Wos kannt des bloß gwen sa? Krrr! Krrr! A Monster vielleicht?

Selina: Du immer mit deine Monster! Du denkst immer bloß an Monster.

Knut: Und du an Kleidln!

Selina: Monsterschädl!

Knut: Kleidlgoaß!

Selina: Hanswurscht!

Knut: Bluatwurscht!

Oma: Ejtz seids owa staad mit de hässlichen Ausdrücke! Douts ned dauernd streitn. Wer streit, kimmt in d'Höll! Lusts lejwa zu! Also, da Sepperl unds Reserl san soweit in Wold einegrennt, bis des krrr! krrr! weg wor. Se hammands nimmer ghört.

Knut: Gottseidank!

Oma: Wos hoißt do Gottseidank? De worn dann soweit in Wold drin, de hammse aafamol nimmer auskennt.

Selina: Wej nimmer auskennt? Hammand de Drogen gnumma?

Oma: Naa, verlaffa hammsase, dodal verlaffa. De hammand nimmer gwisst, wou vorn und hint is. Kinnts eich des vorstelln, wos des is?

Knut: Scheiße is des!

Oma: Also Knut! Sowos sagtma doch ned!

Selina: Des sog i da Mama, wenns wieder hoamkimmt!

Knut: Dann sog i ihr, dass du mitn Papa seiner Unterhosn 'n Tisch ogwischt host!

Oma: Ejtz hörts amol endlich des Streitn aaf, Mensch Meier! Wüll denn koana mei Gschicht hörn, zenalln?

Selina: Doch Oma, verzühl weida!

Oma: Also, ejtz worn da Sepperl unds Reserl ganz tief in Wold drin und hammand nimmer gwisst, wejs wieder hoamkemma kanntn.

Knut: Und „krrr! krrr!" hods nimmer gmocht?

Oma: Des ned.

Knut: Gottseidank!

Oma: Owa dafür hammands von an Gebüsch aussa ghört, wejs immer „huaaah, huaaah" gmocht hod!

Knut: Oläck! Wos wor nacha des?

Selina: Wej soll denn d'Oma des wissen? Wenns „krrr! krrr!" ned woaß, nacha wirds „huaaah, huaaah" aa ned wissen. Gell, Oma?

Oma: Genau. Und da Sepperl unds Reserl hammand aa ned gwisst, wos des sa kannt. Se hammand dermaßen Angst ghod und se hammand nimmer gwisst, wos mocha solln. 's Reserl hod scho a bisserl gflennt und hod gsagt: „Omei, Sepperl, i glaub, ejtz mejßma sterbn!"

Knut: A so a bläde Kouh!

Selina: Do daadst du aa flenna, des sog i dir!

Knut: Und worum hamms ned einfach mitn Handy dahoam ogruafa?

Oma: De hammand doch koa Handy dabeighod!

Knut: Schej bläd! Mir wennma in Wold genga, mir hamma immer a Handy dabei.

Selina: Des stimmt, Oma. Mir hamma immer oans dabei. Bei uns wenns „uaaah, uaaah" mocha daad, mir daadma sofort dahoam oruafa.

Oma: Jamei, de hammand holt koans ghod und aus!

Knut: Worn ebba dene eahrane Eltern ganz arme Leute?
Selina: Vielleicht Aussiedler, wals so komische Nam ghod hamm?
Oma: Naa, des worn ganz normale Leit. De hammand holt zufällig koa Handy dabei ghod. Wernds holt 's Handy dahoam vergessn hom. Des konn doch amol vorkemma.
Knut: Oder eahra Papa hods in da Orwat dabeighod!
Oma: Genau! Der hods dabeighod!
Selina: Hammand de bloß des oane ghod, des wos da Papa in da Orwat dabeighod hod?
Oma: Ja, bloß des oane. Derf i ejtz wieder weidaverzühln?
Selina: Ja, bitte Oma! Wos isn dann passiert?
Oma: Dann is aafamol a Mo daherkemma! A groußer Mo!
Knut: Wor der vorbestraft?
Oma: Also Knut! Wej kimmst denn aaf des?
Selina: Du immer mit deiner naschn Phantasie! Für di gibts überoll bloß Reiber und Mörder. Oma, wor des a Reiber oder a Mörder?
Oma: Naa, des wor er ned. Und vorbestraft is'a aa ned gwen. Des wor nämlich da Förster!
Selina: *(Erleichtert)* Gottseidank!
Knut: Wor des wirklich da Förster? Hod der an Dienstausweis dabeighod?
Oma: Ja Knut, sog amol! Worum bist denn du dermaßen misstrauisch?
Knut: Da Papa sagt awl, bei Fremde mouma misstrauisch sa.
Selina: Des stimmt, Oma! Des sagt da Papa awl.
Oma: Ja scho. Owa des wor wirklich da Förster. Und der hod gsagt: „Habts eich ebba verlaffa, liebe Kinder?" Und d'Kinder hammand gsagt: „Ja, lieber Förster! Und do drin im Gebüsch, do mochts awl uaaah, uaaah! Wos isn des bloß, Herr Förster?"
Selina: Da Förster hod des bestimmt gwisst, wos des is.
Knut: Des is ned gsagt. Wenns a Monster is, nacha woaßas ned. Da Förster kennt bloß nomale Vejcher. Monster kennt der ned.
Selina: Ach, du awl mit deine blädn Monster! Gell Oma, da Förster hods gwisst, wos do „uaaah, uaaah" gmocht hod?

Oma: Gwisst hodas ned. Owa er wor mutig und is ins Gebüsch eineganga zum Nochschaun.

Knut: Spinnt der? Hod der wenigstens a Laser-Pistoln dabeighod?

Oma: Naa, bloß sei Förstergwehr. Und des hod er umghängt ghod.

Knut: Oläck! Des hätt i ned do!

Selina: I aa ned. Und dann? Wos is dann passiert?

Oma: Wej da Förster im Gebüsch drin wor, hodma zerst nix ghört. Dann aafamol ganz laut „kroaaarrr" und dann „Hilfeee!" und dann wors ganz, ganz staad. Unheimlich staad.

Knut: Und da Förster? Wor der tot oder wos? Oder hods der alle bloß verarscht?

Selina: Bestimmt ned. Der wor tot, do trau i mir wettn!

Oma: Do host du recht Selina, da Förster wor tot. Am Rand vom Gebüsch hodma nämlich sei bluatige Händ liegn segn. A bisserl hods no zuckt.

Knut: Cool! Wer hod denn nacha den umbrocht? Wor in dem Gebüsch vielleicht a fleischfressende Riesenheidelbeere?

Selina: Aso a Schmarrn! A fleischfressende Riesenheidelbeere mocht doch nie im Leben „kroaaarrr".

Knut: Wouher wüllst denn du des wissen? Host du vielleicht scho amol a fleischfressende Riesenheidelbeere ghört?

Selina: No ned. Owa „kroaaarrr" mochts bestimmt ned.

Oma: Douts holt ned awl glei streitn! Und überhaupt wor des koa Riesenpreiselbeere!

Knut: Riesenheidelbeere hob i gsagt, ned Riesenpreiselbeere.

Oma: Es wor koa Preiselbeere und koa Heidelbeere. In dem Gebüsch wor a verzauberter Bär!

Knut: Stark!

Selina: A verzauberter Bär? Wer hod denn den verzaubert?

Oma: Da böse, unheimliche Waldzauberer Watz!

Knut: Stark!

Selina: Hoißt der wirklich Watz?

Oma: Ja. Worum?

Selina: Unser Kindergartenfräulein hoißt aa Watz. De is bestimmt mit dem verwandt, wal de is aa so böse. I glaub, de is a Hex!

Oma: Naa, bestimmt ned. Da böse Waldzauberer Watz hod koi Verwandte.

Knut: Wieso ned? Hod der koi Eltern? Is der ned geborn?

Oma: Naa, a Zauberer, der is einfach aso do. Der wird ned geboren und der stirbt aa ned. Sunst waars ja koa Zauberer.

Selina: Des gibts doch ned. A jeder Mensch entsteht doch durch Vereinigung vo Samenzelle und Eizelle.

Oma: Um Gottes Wülln! Wosds ehs als wißts!

Knut: Do hamma mir a Bejcherl mit schejne Büldln. Magstas segn, Oma? Wort, i hols. Do wirst schaun! Do is alls in Farbe!

Oma: Owa mei Gschicht! De gang no weida. I mog an so an Zeig ned segn.

Selina: Naa Oma, ejtz schauma lejwa des Bejcherl o!

Oma: Omei, bin i aafamol mejd. I leg mi a weng hi.

Knut: Owa mir möchtma de Büldln oschaun!

Selina: Do san nockerte Leit drin! Hihi! Und der Mann hod a ganz a großes Pipi!

Oma: Spülts lejwa Nintendo!

Ganz Deutschland ist im Aktienfieber. Alle werden (eventuell) reich. Da wollen auch Menschen mitmischen, die bisher ihr Geld eher konservativ angelegt haben und für die der Kauf eines Bundesschatzbriefes schon eine wüste Zockerei war. Weil man noch ein wenig gehemmt ist, werden die ersten Anfragen telefonisch getätigt.

Der Spekulant

Bank: Guten Tag, hier ist die Anlageberatung der Sparbank! Womit kann ich Ihnen helfen?
Kunde: Wega de Aktien!
Bank: Wie bitte?
Kunde: Es waar wega de Aktien.
Bank: Ach Aktien! Sie möchten Aktien kaufen?
Kunde: Am End.
Bank: Wie bitte?
Kunde: Wos moinan do Sie? Is des ebbs? Hod des an Sinn mit dem Aktienzeigs do?
Bank: Es kommt darauf an, welche Sie kaufen.
Kunde: Ja wos? Gibts do mehrerloi?
Bank: Selbstverständlich. Es gibt Tausende von Aktien!
Kunde: Tausende? Ja mi host ghaut! Wos soll i do für oane nehma?
Bank: Diese Entscheidung kann ich Ihnen leider nicht abnehmen. An welche Branche hätten Sie denn gedacht?
Kunde: Ha?
Bank: Welche Art von Aktien möchten Sie kaufen?
Kunde: Wer woaß, kaaf i überhaupt oi. Gwiss is des fei no ned. I frog bloß amol.
Bank: Schon klar. Aber wenn Sie eine kaufen würden, an welche Art hätten Sie da gedacht?
Kunde: An guate. An oi, de wos steignd. Dax moine waarn ned schlecht. Do hört ma awl, dass de steignd.

Bank: Dax sind keine einzelnen Aktien, Daxwerte nennt man eine Auswahl von bestimmten Aktien, die sogenannten „Blue Chips".

Kunde: Ha?

Bank: Das zu erklären würde jetzt zu weit führen. Im übrigen gibt es für keine Aktie die Garantie, dass sie steigt.

Kunde: Ned? Ja, hod denn des dann überhaupt an Sinn?

Bank: Natürlich! Aktien *müssen* zwar nicht steigen, aber sie *können* selbstverständlich steigen.

Kunde: Des waar natürlich a Sach!

Bank: Sie können allerdings auch fallen.

Kunde: Des waar nix. Do waar dann a Sporbejcherl wieder gscheida.

Bank: Ein Sparbuch ist halt etwas sicheres. Mit einem Sparbuch haben Sie kein Risiko.

Kunde: Owa kemma doust aa zu nix mit an Sporbejcherl. Do konnst sporn wej a Bläda. Kemma doust zu nix!

Bank: Naja, so würde ich das auch nicht sagen.

Kunde: I scho. I sog Eahna oans: Seit vierzig Johrn hob i a Sporbejcherl. Und im Endeffekt bin i zu nix kemma. De boor Mark Zins san a Witz, owa koana zum Locha.

Bank: Naja, ein paar Mark sind es auch. Immerhin.

Kunde: A Witz sans! Mei Nachbar, da Siebler Kare, kennans den?

Bank: Nein, im Moment sagt mir der Name nichts.

Kunde: Is aa wurscht. Aaf jedn Fall hod da Kare sei ganz Göld vom Sporbejcherl oghobn und hod Aktien kafft. Und bums, vier Wocha später hodase vom Gewinn an noglneia Skoda kafft. Aso schauts aus. So, ejtz kemman Sie!

Bank: Da hat Ihr Nachbar aber Glück gehabt!

Kunde: 's Glück is a Rindviech und sucht sich seinesgleichen. Owa abgseng davon, i mit mein Sporbejcherl bin da gleich Depp wej vorher. Oanaholb Prozent! Do konn i mei Göld genauso guat in da Hosentaschn umanandatrogn. Naa, i kaaf ejtz aa Aktien. I wüll aa a neis Auto. Mei Wei hod aa gsagt, i soll ebbs unternehma.

Bank: Ja gut, vielleicht haben Sie Glück. Sie müssen mir aber sagen, welche Aktien Sie erwerben wollen.
Kunde: De mit Computer solln angeblich ned de schlechtern sa. I glaub, i nimm secha.
Bank: Ja, aber Computeraktien gibt es Hunderte verschiedene.
Kunde: Sovül? Ja, wos soll i denn do für oi nehma?
Bank: Ich würde Ihnen ja gern weiterhelfen, mein Herr, aber ich kann Ihnen keine Garantie geben, dass sich die Aktien, die ich Ihnen empfehle, gut entwickeln.
Kunde: Scho, owa a weng an Tipp wernds doch hobn für mi. An kloan Tipp, ha? A Tipperl.
Bank: Also, ich glaube, AOL wäre momentan ein guter Kauf.
Kunde: A Krankenversicherung? Noja, i woaß fei ned recht.
Bank: Krankenversicherung? Ach, Sie meinen AOK! Das haben Sie jetzt verwechselt, mein Herr. AOL ist eine amerikanische Firma, die auf dem Internetsektor weltweit aktiv ist. Ein „Global Player" sozusagen.
Kunde: Ha?
Bank: Eine Firma, die in fast allen Ländern tätig ist.
Kunde: Aso. Ja, wos mochand nacha de? Mochand de Computer?
Bank: Herstellen tut diese Firma eigentlich nichts.
Kunde: Nix? Ja, wenn de nix mochand, na kinnans aa nix verkaffa. Und wer nix verkafft, der mocht koan Gwinn.
Bank: Die Firma verkauft Serviceleistungen. Internetzugänge zum Beispiel.
Kunde: Ha?
Bank: Wissen Sie was? Ich würde Ihnen empfehlen, kommen Sie mal bei uns vorbei. Wir haben Informationsbroschüren für Neueinsteiger. Damit können Sie sich ein Basiswissen über die Welt der Aktien aneignen.
Kunde: A gej! Und Sie moinan, des AOL, des waar wos für mi? Steigt de?
Bank: Das kann ich nicht garantieren. Aber die Aussichten sind fundamental gesehen nicht schlecht.

Kunde: Aha. Noja, probiern konnmas ja amol. I sog awl: „Probiern gejt iwa Studiern!" Oder, wos moinan Sie?

Bank: Naja, ich finde, einen Versuch ist es immer wert. Aber das ist natürlich nur meine Privatmeinung.

Kunde: Scho. Owa Sie san doch bei da Bank. Nacha kinnans doch koa direkter Depp ned sa aaf dem Gebiet, oder?

Bank: Also, ein wenig kenne ich mich schon aus, würde ich sagen.

Kunde: Also nacha. Noja, nacha daad i sogn: Greifma o! Steigma ei ins Aktiengschäft!

Bank: Haben Sie schon ein Depot?

Kunde: A Depot? Im Keller unt hob i aso a Eckerl, do hob i meine Bierkasten und meine Erdäpfl drin. Es is owa bloß a ganz a kloans Depot. Ejtz mou i amol dumm frogn: Wos hod ejtz des mit meine Aktien zum dou?

Bank: Dieses Depot habe ich nicht gemeint. Wenn Sie Aktien kaufen wollen, dann müssen Sie bei der Bank ein Depot eröffnen!

Kunde: Bei da Bank? Ja, habts ehs aa an Keller?

Bank: Haha! Sie sind ein kleiner Scherzkeks, wie mir scheint!

Kunde: Jamei, an Humor hob i scho. I konn iwa alls locha. Letztn Samstog hods vor meine Augn oan iwa d'Rothaustreppn owazundn, mei hob i glocht! Ohne Humor bist in da heitign Zeit sowieso verratzt.

Bank: Sie sagen es, mein Herr! Aber zurück zum Depot. Ein Depot, das müssen Sie sich so vorstellen, dass wir die Aktien für Sie in einem fiktiven Depot aufbewahren. Also rein bildlich gesprochen. Sie können ja eine Aktie nicht kaufen wie ... wie zum Beispiel eine Wurstsemmel.

Kunde: Des is mir klar. A Wurschtsemml gibts beim Metzger und a Aktie an da Börse. Des san zwoa Boor Stiefl. Und obeißn konnma vo da Aktie aa ned. Konnma scho, owa bringa douts nix.

Bank: Äh ..., genau. Also, damit Sie Ihre Aktien nicht daheim im Keller aufbewahren müssen, bewahren wir Ihren Aktienbesitz in einem elektronischen Depot auf. Sie müssen uns dann zu gegebener Zeit nur sagen, ob Sie Aktien verkaufen, also aus dem Depot herausnehmen, oder kaufen, also ins Depot hineinnehmen wollen.

Kunde: Des is scho ebbs nasch! Des gejt heitzudogs alls mit Computer. Do kimmt a normaler Mensch nimmer mit. Guat, i befass mi a weng mit dem Zeig. Owa a olts Muatterl? De hod doch do koa Chance mehr, oder? De ghört doch da Katz, oder?

Bank: Nun ja, das möchte ich jetzt nicht so krass sagen. Wir stehen jedem Kunden, egal ob jung oder alt, beratend zur Seite.

Kunde: Noja, i daad amol aso sogn: Ehs schauts scho, dass d'Bank ned z'kurz kimmt, ehs Schlawiner! Hähähä! Nix für unguat, hähähä!

Bank: Also, wir versuchen immer, zum Wohl des Kunden ...

Kunde: Is scho recht! Wor ja bloß a Witz, hähähä! Also, dassma weidakemma, mir zwoa, wos kost nacha aso a AOL-Aktie?

Bank: Momentan so um die sechzig Euro pro Stück, das sind ca. 117 Mark.

Kunde: Ganz schej deier. Ja, und wennma do mehra nehma daad, gaabs do an Rabatt?

Bank: Der Preis bleibt gleich, unabhängig von der Menge.

Kunde: Gejt do nix? Konnma do ned handeln?

Bank: Nein, kann man nicht. Der aktuelle Preis ist zu bezahlen.

Kunde: Owa am Fernseh hoißts awl: „An der Frankfurter Börse wurde wieder kräftig gehandelt!"

Bank: Ja schon. Das heißt, dass viele Aktien den Besitzer gewechselt haben.

Kunde: Aso! Jamei, wenns do koan Mengenrabatt ned gibt, nacha nimm i derweil oane.

Bank: Wie eine?

Kunde: Oa Aktie vo dem AOL do. I riskiers einfach amol. Soll a Mark hi sa. Hähä!

Bank: Aber Sie können doch nicht eine Aktie kaufen!

Kunde: Doch, i konn scho! I hobs Göld aaf da Seitn. I kanntma theoretisch sogor fimfe leistn. Owa i wüll ned glei so wuchtig eisteign. Wej sagt da Schwob? „Nur nedd hudle!" Hähä!

Bank: Ja, aber so kleine Mengen werden nicht gehandelt. Also zwanzig müssten Sie schon mindestens nehmen.
Kunde: Zwanzge? Ja, und wenns nacha follnd?
Bank: Dieses Risiko haben Sie im Aktiengeschäft immer.
Kunde: Nacha lou i mei Göld lejwa am Sporbejcherl.
Bank: Wie Sie meinen. Kommen Sie halt mal mit Ihrem Sparbuch vorbei, vielleicht können wir Ihnen einen Zinsbonus eintragen.
Kunde: Des glaub i ned.
Bank: Nicht? Wieso nicht?
Kunde: Wal i koa Sporbejcherl bei eich hob. Koa Konto aa ned.
Bank: Nicht? Wieso haben Sie dann bei uns angerufen?
Kunde: Wal bei meiner Bank kennans mi persönlich. Und es mou ja ned a jeder wissen, dass i a Spekulant bin!

Der Albtraum

Omei, is des a Freid,
endlich is soweit:
'ʼs Wei, da Hund unds Kind und i
fohrma heit aaf Rimini.

„Hamma wirklich alls dabei?"
frog i no besorgt mei Wei.
Vom Klopapier an groußn Postn,
wal des wenn faahlt, konns Nervn kostn.

Slipeinlagen, Tempotejcha,
und a Spray für d'Mucknvejcha,
achtzehn Lutscher für de Kloa
und fürn Hund a schweiners Boa.

An Playboy no zum Zeitvertreib,
a Alditaschn, falls i speib,
da Kloan ihran Bär fürs Bett,
guat, i glaub, mir san komplett!

Ab gejts in de weite Wölt
mit Ausweis, Impfpass und mit Göld.
Noch acht Kilometer fangts o zum nieseln
und de Kloa sagt: „I mou biesln!"

Glaubst, i wia no ganz verzagt,
dahoam hammas extra gfragt:
„Mousst no biesln, mousst a-a?"
Wos hods gsagt? Natürlich „naa".

Owa des hülft alles nix,
trotz Jammerei und trotz „zefix"
mou i kurz am Parkplotz fohrn,
dass der Quälgeist biesln konn.

Alles gejt amol vorbei,
aa de bläde Bieslerei
und ziemlich flott gejts ejtz dahi
vo Furth im Wald noch Rimini.

An da Grenz noch Österreich,
sagt mei Wei: „Des schaut dir gleich!"
Wal i, i find mein Ausweis ned,
a jeds Johr is des gleiche Gfredd.

Holt, ejtz follts ma wieder ei!
Zwischen Bier und Haferbrei
liegta in da Kühlbox drin,
dass eam im Ernstfall leichter fin'.

Kaam zwanzig Minutn hob i braucht,
da Zöllner hod vor Zorn scho graucht,
do howen in da Kühlbox gfuna,
da Brei is übers Passbüld grunna.

So Leit, so weit, so guat!
Weida gejts mit frischn Muat,
bold liegta hinter uns, da Brenner,
bergab gejts zu de Italiener.

Owej, is des aafamol a Hitz,
de Kloa plärrt: „ I mog ejtz Pommfritz!"
Mir rinnts Wosser übers Hirn,
manchmal kanntes massakriern!

Ein Verkehr, i konns kaam sogn,
und wej de Italiener fohrn!
I kenn mi ned aus, wal i bin fremd,
mi wunderts, dass do no oi lebnd.

I denk mir, wej i aso fohr:
„Wos is denn do in meine Hoor?
Dass des am Hinterkopf aso zwickt?“
De Kloa hod mir an Lutscher einebickt.

Mit Lutscher, Kind und Hund und Wei
stej i in da Frej um holwe drei,
vor Durscht und Hunger holbert hi
am Hoteleingang in Rimini.

„Buona sera“ sagt da Wirt,
i sog „Griaß Gott, mir san zu viert!
Mir hamma Hunger und an Durscht,
alles andere is uns wurscht.

„Fristick, gibt es, o senore,
erst um sieben per favore.
Sie missen warten bis nächste Doch
und ich viel Rheuma, Gepäck nix können tragen hoch!“

Ja mi host ghaut, aso is recht,
s'Kind schreit undn Hund is schlecht
und i mou d'Koffer selber trogn,
do konnst di wirklich bloß no frogn.

Schlecht gschloffa hamma alle vier,
i mit vier Holbe worma Dosenbier,
s'Wei mit Kopfwej und fünf Schlaftabletten
und an Pfund Amoisn in de Bettn.

Am naxtn Dog wor d'Nacht vorbei,
aussa vom Bett um sieme glei
und ohne Woschn, ziemlich schnell
ins Frühstückszimmer vom Hotel.

Ejtz a Wurscht, a Brout und an Kaffä,
i schrei: „Herr Ober! Hä Mo, hä!
Uns daad hungern, wej schauts aus?
Wos host zum bietn in dein Haus?“

„Oh Senor, is peinlich mir,
wir haben nix zu essen hier!
Streiken Metzger, Bäcker, Kaufmann auch,
gibt nur Kamillentee und Knobelauch.“

„Guada Mo, wos soll des Gfrass?
Mei Liawa, do kenne fei koan Gspass!
Des is wirklich allerhand,
ejtz gemma aus Protest am Strand!“

Mir broitma unsere Decken hi
und am Strand von Rimini
lieg i zwischen Hund und Wei
in da Hitz und schlof glei ei.

Wej i wieder winda wia,
schau i und dann denk i mir,
irgendwej stimmt do wos ned,
wal i lieg gmiatlich in mein Bett.

Ja Gottseidank, i bin dahoam!
Und mir wird ums Herz ganz worm,
ganz erleichtert wird mir klar,
dass alles bloß a Albtraum war.

Mei Wei sagt: „Stej endlich aaf, ejtz gejts dahi,
heit fohrma furt aaf Rimini!“

Die Urlaubsplanung

A jeds Johr is's Gleiche: D'Frau bringt an Stouß Urlaubskataloge mit hoam und i solls oschaun. D'Kataloge, ned d'Frau! I hob do eine dermaßen Abneigung dagegn, des konnse koa Mensch vorstelln.

Für mi san manche Leit sowieso pervers. Im Summer fohrns zum Gletscherschifohrn, wals durt kolt is und im Winter fohrns aaf Mallorca, wals durt worm is. Wos soll des? Wenns glei dahaombleibn daadn, hättns genau's gleiche Weda, bloß umkehrt und billiger. I bin ja vo Haus aus fürs dahoambleibn. Und wenn i unbedingt furt mou, dann nur mitn Auto. Mitn Flieger mog i ned, wal wenn oana owafollt, dann bestimmt der, do wou i drinsitz.

Außerdem mog i bloß durt hi, wou i mi verständign konn. Do kimmt bloß Deitschland, Österreich und a Bröckerl vo da Schweiz in Frage. Vo Deitschland bloß da Süden, wal i wor amol in Kiel, do hob i praktisch nix verstandn. Und mi hod aa neamad verstandn. Wej i do in an Wirtshaus zum Ober gsagt hob „Wej Moaster, bringma a Scherzl Brout, wal de russischn Oier hibsch gaach san", hod der gmoint, i bin a polnischer Aussiedler.

Südlich vo de Alpen is no schlimmer. Do krejgst a Speisekortn in d'Händ druckt und konnstas ned lesn. Lesn scho, owa wos bedeit, woaßt ned. Und i bin aso a Mensch, i wüll einfach wissen, wos i iss. Wal wenn mir schlecht wird, dann wüll i wenigstens wissen, vo wos. Wennst'n Ober wega an jedn Steckerl Pommfritz frogn mousst, wos des is, dann is des für mi entwürdigend. I kimm mir do vor wej a glatter Depp, ehrlich. I bin oft scho soweit gwen, dass i vierzeha Dag nur Hamburger gessn und Cola trunka hob, dass i ned frogn mou. Des is doch koa Urlaub! Und acht Kilo hob i zougnumma.

Owa da Hammer kimmt erst: I hob amol in Italien an Ober gfragt, wos Nummer Achtundzwanzig aaf da Speisekortn is, wal des hodse vom Lesen her ned schlecht oghört.

Nacha hod er zu mir folgendes gsagt: „Isse Spesialitäte vonne Haus. Isse bisse Frutti del Mare, vonne Meer, du verstänn, isse gemisst mitte gutte Fleische vonne Swein und vonne Rindervieche. Dabei isse frisse Kartoffele vonne biologisch Anbau vonne Feld, wo nix Chemie. Alles spesiale gewürzt. Isse bisse sarf, aber gutt für Magen, weil auch bisse milde. Schmecke sehr fein, isse billig, gutt Preis! Salatte vonne Büffet so ville du wolle, isse sehr gesund für Herz und Kreisenlauf!"

Na hob i wieder ned gwisst, wos des is. Owa des Schlimme wor, dass a Preiß am Tisch hinter uns den Ober gfragt hod, wos Nummer Einundfünzig is und dem hod er genau 's Gleiche gsagt. Für mi is des a glatte Verarschung. Noch dem Motto „Da Tourist frisst alls!"

I hob im letztn Johr zu meiner Frau gsagt: „Schau her Frau, bleibma lejwa dahoam! Mit dem dasportn Göld kinnma jedn Dog fein zum Essn gej. Sovül kinnma gor ned verfressn, wej des Hotel kost. Und dahoam, do wissma, wosma essn." Und wos sagt mei Gattin?

„Du mousst sowieso onehma! Nix do, i wüll in Urlaub aaf Italien! I wüll ans Meer. Wos glaubst, für wos i mir den sünddeiern Badeanzug kafft hob? Dass i dahoam im Freibad zwischen de kloan Kinder umanandalieg? Naa, i wüll aaf Italien. Und wej gsagt, des mitn Essn gej is überhaupt koa Argument, walsd sowieso z'wampert bist!"

Do hods recht. I bin tatsächlich a weng z'dick. Owa des is mir aa wurscht, i wüll einfach ned weg. Guat, wenns Wei dermaßen uneinsichtig is, dann probieres holt übers Kind. Des werma scho seng, wer vo uns da durchsetzungsfähigste is. I bin zu mein Boum ins Kinderzimmer ganga und hob gsagt:

„Markus, wos magst lieber? In Urlaub auf Italien fahren, im heißen Auto im Stau stehen und schwitzen. Hinter uns san Auto und vor uns und neba uns. Und überall sitzen böse Männer drin. Und am Meer kriegst dann an Sonnenbrand, der tut weh und im Hotelzimmer san viele böse Ameisen, de zwicken dich in da Nacht und bieslн dir ins Auge eine! Oder magst lieber daheimbleiben auf der Terrasse mit Schatten? Du kriegst a Limo

und da Papa holt dir von der Eisdiele a Eis und Pommes aa no, fallsd oi magst. Wos is dir lieber?"
„Italien, weil do konnma a Riesensandburg baun und d'Mama hilft mir dabei, dass i die größte Sandburg der Welt baun konn!"
Aha! Ejtz is alls klar! Mei Frau hod des Kind scho vorher heimtückisch beeinflusst! Owa so schnell gib i ned aaf.
„Im Meer san große klebrige Quallen!" hob i gsagt und dabei a dodal unappetitlichs Gsicht gmocht.
„Konnma de mit an Stock totmachen?" fragt mei Sohn.
„Scho" hob i gsagt und des wor a Fehler.
„Toll!" hod er gschrian, „dann mog i aaf Italien und alle Quallen totmachen!" Aso a dumms Kind! Alle Quallen wüll er totmachen, wos soll des? Guat, dann mou i schwaare Geschütze aaffohrn.
„In Italien, im Meer, do gibts große weiße Haie!" hob i gsagt. „Große, böse Haie! De konnma mit an Stock ned totmachen. Und ehra Leibspeis san kleine deutsche Buben!"
Und wos sagt er in seiner Einfalt? „Du host gsagt, den weißen Hai gibts ned und alle Haie san brav!"
Des stimmt, des hob i gsagt. Owa bloß, wal er amol den Film „Der weiße Hai" gseng hod und dann hodase vor lauter Angst nimmer in d'Bodwann einetraut. I wollt na damals bloß beruhigen. Owa ejtza konn i natürlich neds Gegenteil behaupten, sunst is mei Glaubwürdigkeit als Voda beim Deifl.
„Alls klar" hob i gsagt, „Haie san brav! Do hodse ejtz da Papa deischt." Es hülft alles nix. I mouss mit plumper Bestechung probiern.
„Wennma im Urlaub daheimbleiben, dann krejgst vom Papa alle Dog fünf Kugeln Eis und derfst zwei Stunden Fernsehschaun und aaf d'Nacht bis um zehne aufbleiben! Ha, wos sagst ejtz?"
„D'Mama hod gsagt, in Italien krieg i alle Tage acht Kugeln Eis und i derf bis um zwölfe aafbleibn und Game-Boy spielen, so lang wie i will!"
I wor erschüttert. So weit gejt de Frau! Verdirbt des Kind charakterlich, bloß dass sie aaf Italien kimmt. Wenn dermaßen krimi-

nell gorwat wird, dann hob i als grundanständiger Mensch natürlich koa Chance mehr.

Mir samma dann aaf Italien gfohrn. Owa i gib ned aaf. Irgendwann kimmt de Zeit und mir bleibma im Urlaub dahoam. Spätestens, wenn da Bou alle Quallen daschlogn hod.

Wir Waldler schätzen, wie der Name schon sagt, ab und zu die Einsamkeit des Waldes. Man kann stundenlang die Ruhe und die gute Luft genießen, ohne jemanden zu treffen. Dabei kann man den Sinn des Lebens oder auch Pilze suchen. Finden tut man in der Regel beides nicht. Wenn auch unser Bayerischer und Oberpfälzer Wald riesengroß sind, lässt es sich bisweilen trotzdem nicht vermeiden, dass einem unvermutet jemand über den Weg läuft, ein Feriengast beispielsweise.

Der Pilzfachmann

Feriengast: He! Hallo! Sie da!
Waldler: I?
Feriengast: Ja Sie! Wer denn sonst?
Waldler: Jamei. Woaßmas?
Feriengast: Suchen Sie auch Pilze?
Waldler: Naa, Ananas souche!
Feriengast: Wie bitte?
Waldler: Frale souche Schwammerl!
Feriengast: Was suchen Sie?
Waldler: Schwammerl!
Feriengast: Was sind denn Schwammerl?
Waldler: Pilze san des!
Feriengast: Aha. Dann bin ich ja bei Ihnen richtig. Sie, ich habe da eine ganze Menge Pilze gefunden. Sehen Sie mal! *Hält ihm seinen Korb vor die Nase.*
Waldler: Ja pfui Deifl, wos host denn do für an Zeig drin?
Feriengast: Wie bitte?
Waldler: Was hast denn da für einen Zeug darinnen in deinem Körberl?
Feriengast: Wieso Zeug? Ich habe die Pilze nach meinem Pilzbuch hier gesammelt! Zieht ein Pilzbuch aus der Jackentasche.
Waldler: Aso a Schmarrn! Wüllst Schwammerl soucha oder wüllst lesn? Wennst lesn wüllst, nacha mousst dahoambleibn. Des gejt am Kanabä besser wej im Wold!

Feriengast: Waaas? Ich habe kein Wort verstanden.

Waldler: Mocht nix. Aaf jeden Fall is des a Glump, wos du do in dein Korb umanandatragst. Außerdem: Da Korb is aa a Glump!

Feriengast: Jetzt hören Sie mal, guter Mann: Das ist ein Original-Pilzsammlerkorb. Den habe ich gestern gekauft. Für 29 Mark 95!

Waldler: Des schaut dir gleich! Eich kinnans jeden Krampf odraahn.

Feriengast: Wie bitte?

Waldler: Ach nix. I wenn in d'Schwammerl gej, i nimm awl mei Alditaschn mit, des is am allergscheidern. Von an Korb follt dir alls ausse, wennst amol durch a Buschert durchmousst.

Feriengast: Ich verstehe Sie leider nicht!

Waldler: Wenn du mit dem Korb durch ein Gebüschert durch musst, haut es dir die ganzen Schwammerl heraus, weil sich der Korb spreizt. Mit einer Plastiktasche faahlt dir nichts, weil diese gibt nach und spreizt sich nicht.

Feriengast: Ich verstehe Sie immer noch nicht. Aber egal, ich hätte nur eine Bitte: Könnten Sie meine Pilze sicherheitshalber kurz durchsehen, ob eventuell bedenkliche dabei sind? Nur zur Sicherheit!

Waldler: No frale. Ma hülft, wouma konn. Ejtza schauma amol.

Nimmt den Korb des Feriengastes, schaut prüfend hinein und nimmt drei prächtige Steinpilze heraus.

Feriengast: Wieso haben Sie diese Pilze herausgenommen?

Waldler: De drei san zwar ned direkt giftig, owa dodal ungenießbar. De douma amol glei weg!

Feriengast: Aber nach meinem Pilzbuch handelt es sich hier um Steinpilze! „Hervorragender Speisepilz" steht in meiner Beschreibung.

Waldler: Des deischt! De schaunt zum Verwechseln gleich aus, für oan, der wouse ned auskennt. Owa i kenns ausanand, wal i scho seit fünfzig Johr in d'Schwammerl gej. I hob d'Schwammerl scho kennt, do hob i ned amol no mein Nam schreim kinna. Aso schauts aus!

Feriengast: Ach ja? Wie heißen denn dann diese Pilze?

Waldler: Also, direkt namentlich sansma ejtz ned bekannt, owa dass ungenießbar san, des woaß i gwiss.
Feriengast: Da bin ich Ihnen sehr dankbar. Ich hätte diese Pilze heute Abend zubereitet und verzehrt.
Waldler: Gott bewahre!
Feriengast: Wieso, was wäre in diesem Fall passiert?
Waldler: Wennst Glück ghod hättst, dann hätts di durchgrammt, dass dei Darm glejht hätt, wennst Pech ghod hättst, dann hätts di zrissn!
Feriengast: Zerrissen? Ach du lieber Gott! *(Ängstlich)* Könnten Sie bitte die anderen Pilze auch noch kontrollieren?
Waldler: No frale. Zoig her, wos host denn no alles drin?
Er holt mit angewidertem Gesicht vier junge kerngesunde Rotkappen aus dem Korb.
Waldler: Ja gibts des aa?
Feriengast: W...wieso? W...was ist damit?
Waldler: Dou bloß de Schwammerl weg! Oder wüllst jung sterbn?
Feriengast: A...aber w...wieso? Nach meinem Pilzbuch handelt es sich hierbei um Rotkappen!
Waldler: A typischer Anfängerfehler! Des san koi Routkappn, des san Fluignschwammerl, aaf lateinisch „Fliegenpilz". Wega denen san scho Leit tödlich verstorben.
Feriengast: Ja, aber Fliegenpilze haben doch soviel ich weiß weiße Tupfen auf dem Hut.
Waldler: Weiße Tupfen auf dem Hut! De normaln scho. Owa de Krippln do *(deutet abfällig auf die Rotkappen)* san a bsonders heimtückische Rass! De werfand de weißn Tupfer scho ab, wenns no ganz kloa san. Absichtlich! Zur Tarnung!
Feriengast: Ach ja? Das ist ja allerhand!
Waldler: Eben! Bou, d'Natur konn grausam sa. So schej, wejs sa konn, so grausam konns sa.
Feriengast: Aber warum machen die Pilze das? Wo liegt der Sinn des Tupfenabwurfes?
Waldler: Des is no ned genau erforscht. Owa an irgend an Grund wirds hom. Vielleicht wega de Schneckn!

Feriengast: Schnecken? Wieso Schnecken? Den Schnecken kann es doch egal sein, ob auf dem Pilz Tupfen sind oder nicht.
Waldler: Do hamms aa wieder recht. Wos interessiert des an Schneck! Owa aaf jedn Fall san des vier ganz gfährliche Schwammerl. An sechan wennst isst, nacha konnst glei'n Pforrer holn.
Feriengast: Vielen Dank, dass Sie mir das erklärt haben. Und wie sieht dann eine echte Rotkappe aus?
Waldler: Fast genau aso, bloß anderst! Owa ned ganz anderst.
Feriengast: Aha. Wenn Sie bitte prüfen wollen, ob sich noch gefährliche Pilze in meinem Korb befinden!
Der Waldler sieht im Korb nur mehr einige halbverfaulte Maronenröhrlinge, matschige Birkenpilze und winzige Pfifferlinge.
Waldler: Naa, de san alle in Ordnung. De konnst essn, do faahlt dir nix.
Feriengast: Vielen herzlichen Dank!
Waldler: Am gscheidern is, du rejzdas!
Feriengast: Wie bitte?
Waldler: Am gescheitersten ist es, wenn du die Schwammerl röstest. Putzen, herschneiden, kochen, in der Pfanne braten. Und mit Oa, Zwiefl und Solz mischn. Des is ebbst guats!
Feriengast: Ach ja? Gut, ich werde es heute Abend ausprobieren.
Waldler: Do wünsch i ejtz scho an guatn! Also nacha, habe d'Ehre!
Feriengast: Auf Wiedersehen! Und nochmals vielen Dank! Wie sagen Sie hier in Bayern? Anen sakarischen Dank! Hahaha!
Waldler: Ja, du mi aa!
Feriengast: *(Im Weggehen zu sich selber)* Nette Leute hier! Sehr einfach strukturiert, aber nett!
Waldler: *(Während er die Steinpilze und Rotkappen in seine Alditüte steckt)* Im Prinzip wor des ejtz Diebstahl. Owa i iss dahoam glei, dann is Mundraub. Und wer mit an Pilzbuch in d'Schwammerl gejt, dem ghörts ned anderst.

Es ist eine Eigenschaft von uns Menschen, immer genau das unbedingt zu wollen, was man nicht hat. Und da wir Männer größtenteils zu den Menschen gehören, gilt dies auch für uns. Derjenige, welcher sich im mehr oder weniger glücklichen Ehestand befindet, trauert seinem Junggesellendasein nach. Der Junggeselle dagegen sehnt sich in langen Nächten nach der Gattin, die er nicht hat. Für beide trifft der alte bayerische Spruch zu:

Wejs das mochst, is vakehrt

Gedanken eines Junggesellen

Ejtz sitze holt wieder do mit meiner Holwe Bier und gaff in Fernseh eine! De dritt Zigrettn rauche aa scho seit oana Stund, obwohls mir gor ned schmeckt, des greisliche Kraut. Hungern daad mi aa no. De Rühreier glangand einfach ned zum sattwerdn. Und schmecka doumands mir aa nimmer.

Ach, de blädn Rühreier! Drei Wocha hob i braucht, bises gscheit kocha hob kinna. Drei Wocha! Und ejtz? Ejtz konnes nimmer segn. Gestern in da Nacht hob i sogor draamt von an Rührei. Des hod Fejß ghod und is an mir vorbeigrennt und hod aaf mi herglocht. So ein Wahnsinn! Schej langsam is soweit mit mir. Schej langsam fang i 's Spinna o. A Rührei mit Fejß! So oans gibts doch gor ned!

In da Frej isma dann sauschlecht gwen. Nacha hods in da Kantine als Broutzeit Rühreier mit Schinken gebn. Der Kantinenwirt hod aa koa Hirn. I hätt eams bold affegworfa, sei Glump.

A Wei wenne holt hätt! Dann schauert d'Wölt ganz anders aus. De kanntma alle Dog wos Guats kocha. I daad ihr in da Frej sogn, wos i gern mog zum Essn, und aaf d'Nacht, wenn i hoamkimm, daads scho am Tisch obnstej. 's Essn natürlich, neds Wei. Owa i hob ja koa Wei. Allaweil hab i gsagt: „I heirat ned so schnöll! I bin ned so bläd und häng mi sölber o wej a Rindl Vejch, i ned!"

So schlau hob i dahergschmatzt. Und ejtz? Ejtz bleibe über! D'Hoor gengand mir aa scho aus. An Plattertn wüllns vo Haus aus ned.
's letzemol hätt i oana gfolln. Owa aso wej de ausgschaut hod, des konnse koa Mensch vorstelln. Also, wenn oane aso ausschaut: Lejwa bleib i über! Obwohl, a Wei, des waar scho a Sach. Do hättst a Ansprach aaf d'Nacht. Und raucha daad i aa ned sovül, wals Wei daad sogn: „Rauch ned sovül, Schatzerl! Des is doch ned gsund und i mog doch a gsunds Schatzerl!" Und i daad ned raucha und waar a gsunds Schatzerl.
Owa ejtz, ohne Wei, zuig i oane noch da andern eine, wej a Depp. Und so wampert, dass i mi kaam riahrn konn, waar i aa ned. Wals Wei daad sogn: „Iss ned sovül Schatzerl, i mog doch a schlanks Schatzerl!" Und i daad ned sovül essn und waar a schlanks Schatzerl. Owa ohne Wei friss i eine wej a Bläder und dann isma schlecht und blaahn douds mi aa und i draam vo Rühreier mit Fejß. Oft denkama, alle krejgnd a Wei, bloß i bleib über. Oana, der wej a Wei hod, der woaß gor ned, wej schej dassas hod!

Gedanken eines Ehemannes

Mensch, waar i heit gern zum Schofkopfa ganga! Oamol wieder gscheit spüln und saffa mit de oltn Freind! Owa naa, sie mou akkrat heit ihra olte Freindin Hilde bsuacha und i mou mit.
Allaweil sagts, i bin z'wampert und meine Hoor san zrupft. Owa ejtz, ejtz brauchts mi wieder zum Vorführn. Dass d'Hilde segt, wos sie für an schejn Mo hod und dass neidisch wird, wal sie gor koan hod. An Anzug mou i olegn und a Krawattn. Glaubst, i kannt des feine Glump leidn. Wenn i da Hilde in da Jeans ned gfoll, dann konns me kreizweis.
Sie, mei Gattin, stejt ejtz im Bad drin und schmiertses Gsicht voll wej a Papagei. Mei, wenn i aso nochdenk, nacha kimmts mir erst, wej bläd dass i bin. I, da ganz Gscheit! „I heirat!" hob i zu meine Kumpln gsagt, „i bin ned so bläd und saaf umanand

und ruinier mei Gsundheit. I ned! Und wenn i aaf d'Nacht a Wei brauch, dann hob i oans. Und ehs Blädln mejsssts eich beim Tanzn s'Maal fransert schmatzn, dass überhaupt oane mit eich in d'Bar gejt! Und dann lousssts eich mit eiern Whisky-Cola stej wej an Deppn! Aso schauts aus!"
So schlau hob i dahergschmatzt. Ejtz hob i a Wei. Owa ejtz hobes alle Dog, des is aa nix. Und de Umanandasafferei is aa ned sooo schlecht, wej i awl gsagt hob. Ejtz gejt o ned amol mehr a Reischerl, von an Rausch wüll i gor nix sogn. Kaam hob i drei, vier Holbe und i wia a weng lustig, na gejts scho lous: „Schmatz koan sechan Kaas daher! Schaama moumase mit dir! Reißde zamm! Kaam trinkta a Tröpferl Bier, wirda wej a kloans Kind. Kaafda a Mineralwosser! Suffbeidl!"
Aso gejts de ganze Zeit: „Saaf ned sovül, friss ned sovül, rauch ned sovül!" Ejtza schnauf i nimmer sovül, dann dasticke. Dann hodses!

Live is live

Mir bei uns in da Familie samma lauter Bayernfans. Eigfleischte, scho seit Jahren. Treu bis zum Tod. Es sei denn, d'Sechzger san in da Tabelle vor de Bayern. Dann samma vorübergehend Sechzgerfans. Owa momentan samma Bayernfans.
I bin letzdings sogor aaf München gfohrn ins Olympiastadion und hobma a Spül ogschaut. Live, wal live is einfach live.
Im Fernseh segstas zwar besser, deutlich besser, des mou i scho sogn. Im Stadion woaßt nie, wer wer is. D'Mannschaften kenn i scho ausanander, owa d'Spieler ned. Des is a Kreiz, wals dir koana sagt. Im Fernseh, do sagt zwischendurch da Wontorra oder sunst oana: „Scholl zu Jancker, Jancker schießt daneben ..." Do krejgst des alles mit.
Owa live, da sagt koana wos. Und selber segstas ned. Besser gsagt, kennstas ned. De san dermaßen kloa, dass alle Gsichter gleich ausschaunt. De oinzign, de wos a weng aussastechand, san d'Näga. Den vo de Bayern, Kefir oder wej der hoißt, den hob i sofort kennt. Owa irgendwej gwöhnst di langsam dro und noch zwanzig Minutn is dir direkt wurscht, wer grodn Bolln hod.
Bläd is allerdings, wenn a Tor follt und du segst nix. Wej i's letzte Mol im Olympiastadion wor, hob i mir zwecks da nervlichen Beruhigung a Zigrettn ozundn.
Bis de brennt hod, des wor ein Martyrium, wega dem Wind. Kaam brennts, rempelt mi aso a Hanswurscht vo hintn o und mir follt d'Zigrettn owe. „Mei Liawa", hob i mir denkt, „aso gejts ned!" Dann hob i mi umdraaht und gschaut wej da Deifl, dass mei gscherter Hintermann daschrickt. Owa dann bin i daschrocka. Mein lieber Schieber! Der hod ausgschaut, wej wenn da King Kong sei Voder und da Mike Tyson sei Muada waar! I hobma denkt, mit dem fang i koa Gespräch ned o. Des hod koan Sinn, wal i ned woaß, wej der des aaffasst, wenn i a kritische Bemerkung moch. Owa irgendwos hob i sogn mejßn, wal i eam so bejs ogschaut hob.
I hob dann bloß gsagt: „Härausch, ejtz is mir Deppn direkt d'Zigrettn owegfolln!"

Er hod überhaupt ned reagiert und i hob mi umdraaht und hob mi um mei Zigrettn buckt. Und grod, wej i ganz untn bin, follt a Tor. I hobs sofort gspannt, wal der vor mir hod an Schroa do und is mir aaf d'Finger affeghupft, dass kracht hod. I bin schlagartig aafgstandn und hob gschaut. Owas Tor wor scho ume. Und Wiederholung is koane kemma. I hätt verzweifelt draaf gwort, wal i des vom Fernseh gwöhnt bin, owa nix. Koa Zeitlupe, nix. Des Spül is einfach weidaganga. Do bist fei momentan dodal schlecht informiert.
I hob mein rechtn Nebenmann gfragt: „Sie, wer hod ejtz do des Tor gschossn?"
„Bayern", hod er gschrian mit ana Stimm wej aus da Gruft aussa unds Bier is eam vor lauter Freid vo de Nosnlöcher aussagrunna. I glaub, der hod vor lauter Rausch gor ned gwisst, wos des für a Spül is. Dass da FC Bayern a Tor gschossn hod, wor mir klar, wal sunst hättnse de Bayernspieler untn am Rasen ned aso gfreit. Na hob i mein linkn Nachbarn gfragt, wal der hod nejchtern ausgschaut. Wos der zu mir gsagt hod, hob i überhaupt ned verstandn. Vom Klang her wors a Aussiedler aus Rumänien oder wenigstens aus dera Richtung. Später hodse nacha aussagstellt, dass er vom Bodensee stammt. De hammand do untn an dermaßen verhautn Dialekt, do host du als normaler Oberpfälzer keine Chance.
Gottseidank hod dann da Stadionsprecher gsagt, wer des Tor gschossn hod. Und aaf da Anzeigetafel is aa gstandn: Da Jancker is gwen. Owa gstunka hods mir scho, dass i des Tor ned gseng hob. Wal des Spül is 1:0 ausganga. Des ärgert di einfach, wenn a Spül 1:0 ausgejt und du worst neunzig Minutn live dabei und host bloß a 0:0 gseng. Do zohlst fünfundzwanzig Mark Eintritt und sechs Mark für a zaudürre Bockwurscht und nacha segst koa Tor, wal dir irgend aso a Büffl an Remplerer vo hint gibt, dass dir d'Zigrettn owefollt.
I hobma später dahoam des Spül im Fernseh ogschaut. Do hob i dann des Tor gseng. Viermol. Oamol normal und dreimol in Zeitlupe. Do hob i dann in Ruhe oane raucha kinna, wal im Wohnzimmer is koa Wind ganga und aaf d'Finger hod mir aa koana affetretn kinna. Owa wenn i wieder Zeit hob, dann fohr i scho wieder affe aaf München. Wal live is live.

Bis vor kurzem hat ein Großteil der Menschheit dumpf vor sich hingelebt. Keiner wusste, auf was es eigentlich ankommt im Leben und warum bestimmte Sachen so sind und nicht anders. Bis dann – gottlob – ein paar findige Autoren die magische Kraft der Mondphasen entdeckten und viele kluge Bücher darüber schrieben. Seitdem geht es vielen Menschen besser, auch den Buchautoren.

Die Mondphasen

Bis vor an Johr hob i no gor ned gwisst, wos a Mondphase is. I hob dahiglebt wej a Nor, keine Ahnung vo nix. Glücklich, owa dumm. Und dann, aafamol, is folgendes passiert: An mein Gortnzaun san acht Zaunlattn aaf oamol ogfaalt. Ohne Grund, einfach aso.

I hobs mein Nachbarn vazühlt und der hod mi gfragt, wos des für a Holz is. Wos für a Holz? Aso a bläde Frage!

„Fichte holt“, hob i gsagt.

Er wollt owa ned wissen, wos für a Holzart des wor, sondern wann des Holz oghaut wordn is, bei Neumond oder bei Vollmond. Des woaß doch i ned. I hob doch de Lattn bloß kafft. I hob doch den Baam ned persönlich oghaut. Außerdem is mir des wurscht, ob der bei Neumond oder Vollmond umgfolln is. Vo mir aus bei Schneesturm und Hagel, des is doch ned mei Problem.

Mei Nachbar hod gsagt, wenn mir des wurscht is, dann derf i mi aa ned wundern, wenn de Lattn faalnd. Wenns Holz in da richtigen Mondphase gschlogn wordn is, dann holts um Jahre länger. „Schau mein Zaun o!“ hod er gsagt.

Seiner is aa aus Holz und fünf Johr älter. Und er schaut no einwandfrei aus. Do is erst oa Lattn ausgwechselt wordn. Owa ned, wals gfaalt wor, sondern wal amol a Bsuffaner mitn Mofa drogfohrn is, übrigens bei Vollmond. Kemma is er aus da Luna-Bar.

I hob des mit de Mondphasen vom Nachbarn sofort meiner Frau vazühlt, owa de hod des alls scho gwisst. De wor voll informiert und mir hods wieder nix gsagt ghod.

„Ja, wos glaubst denn du, wej i mei Gmias obau?" hods gsagt, „nur noch Mondphasen, wals anderst koan Sinn ned hod!"
Sie hod gsagt, wennma an Zwiefl bei da richtigen Phase in d'Erd einesteckt, dann wird er mindestens doppelt so grouß, eventuell sogar dreimol. Und beim Zwieflschneidn mouma vül wenga flenna. Und Gurkapflanzn hamm koa Chance, wenn mas in da falschen Phase pflanzt, wals d'Schneckn radebutz fressnd. Sans allerdings in da richtigen Phase pflanzt, riahrts koa Schneck ned o.
„Wüllst du mi zum Norn holtn?" hob i gsagt. „Wouher wüll denn da Schneck wissen, wann de Gurka pflanzt wordn is? A Schneck hod doch koa Hirn ned, geschweige denn an Kalender!"
Owa sie hod gsagt, dass da Mond alles bestimmt, aa den Hunger vom Schneck. Als Beweis hods mir im Gortn an Versuch zoigt. Sie hod gsagt, dass heit a schlechte Phase zum Erbsensaan is und hod dann fünf Erbsen gsaat. A Wocha später wor a guate Phase zum Erbsensaan und sie hod wieder fünf gsaat, genau danebn. Und ob mas glaubt oder ned: De fünf vo da guatn Phase san ejer aafganga, obwohls später gsaat wordn san. I hobs mit meine eigenen Augn gseng. Des hod mi überzeugt!
I hob mir sofort a Mondphasenbuch kafft. Es hod zwar 29 Mark 80 kost, owa des Göld hob i scho lang wieder herin. In dem Buch stejt nämlich alles drin, aa über Glücksspiele. I woaß ejtz, wann da Mond aaf Gewinn stejt und wann aaf Verlust. Des nutz i zum Beispiel beim Schofkopfa brutal aus. In da guatn Mondphase dou i aa schlechte und risikoreiche Solo und Wenz, in da schlechtn Phase holt i mi ejer zruck. Des haut scho seit Monaten hi. Für meine Mitspieler und für de ganzn Schofkopfzuschauer bin i a Rätsel. Koa Wunder, wal de vo de Mondphasen keine Ahnung hammand. Hoffentlich krejgns no lang nix mit, dann konn i no gscheit abkassiern.
Aa meine Kinder hob i voll in d'Mondphasen integriert. Wenn da Mond guat für geistige Leistungen stejt, dann lou i de Kinder stundenlang lerna.
Bei schlechte Phasen hod de Lernerei koan Sinn. Do kinnans dann Fernseh schaun oder Radl fohrn. Allerdings mouma do wieder Obacht gebn, wal wenn a schlechte Mondphase für

d'Verkehrssicherheit is, dann is's Radlfohrn aa nix. Dann mejssns holt notgedrungen no mehr Fernseh schaun. Da Lehrer sagt zwar, es waar besser, se daadn lerna, wenn a Schulaufgab ostejt, owa der Mo hod ja koa Ahnung vo de Mondphasen.
Bsonders wichtig is da Mondeinfluss beim Essen. Es gibt Phasen, de san für d'Verdauung ideal. Do konnst an Schweinshaxn mit vier Knödel und fetter Soß essn, als Nachspeis a Sahnetortn mit Pommfritz und als Nachschlag a Sulz, und dir fahlt nix. A schlechte Phase wenn is, dann krejgst aaf a Boor Wiener scho Soudbrenna.
Bei da Trinkerei is grod aso. Wenn da Mond alkoholmäßig ungünstig stejt, redsd mit drei Holwe Bier scho a Blech daher. Bei an optimalen Mondstand bist mit sechs oder siem Holwe no topfit. I hobs ausprobiert, des haut hi. Ab circa zehn Holwe is dann allerdings da Ofa aso und aso aus. Do reißts da Mond aa nimmer aussa.
Natürlich is in dem Mondphasenbuch aa des Thema Sexualität erwähnt. Wos des betrifft, gibts aa guate und schlechte Phasen. I wollts testen, owa es is wej verhext: Jedsmol, wenn mondmäßig a sexuelle Top-Phase is, dann is aa glücksspielmäßig a Top-Phase. Und des is ja wohl klar, dass i dann aaf's Schofkopfa mou. Wal wos hülft dir de ganze Lust, wennst koa Göld ned host!

Eine sehr sinnvolle Einrichtung ist der sog. Schüleraustausch. Dabei verbringen unsere Sprösslinge eine gewisse Zeit bei einer Familie im Ausland, um die dortige Sprache in der Praxis zu erlernen und anzuwenden. Im Ausgleich dazu finden ausländische Schüler Aufnahme in deutschen Gastfamilien, um einige Wochen möglichst deutsch zu sprechen. Schwierig kann es werden, wenn der deutsche Familienvater seine äußerst bescheidenen Englischkenntnisse bei der britischen Austauschschülerin anwenden will, um damit seine Weltoffenheit zu demonstrieren.

Mister Gmeindner

Vater: I am Mister Gmeindner. But you can say „Heinz" to me. We can be per you!
Schülerin: Oh, thank you, Heinz! That's very nice!
Vater: What?
Schülerin: Das is very nett von you, Mister ...
Vater: Heinz!
Schülerin: ... Mister Heinz.
Vater: A Frage: How old are you?
Schülerin: Almost seventeen!
Vater: What?
Schülerin: Ich bin bald siebzehn Jahre alt!
Vater: Aha. It is a schönes Alter. Siebzehn Jahr, blondes Haar!
Schülerin: I'm sorry, i don't understand.
Vater: It is a Schlager from früher. Siebzehn years, blond hairs. It was a Hit! Udo Jürgens wos the singer.
Schülerin: Oh!
Vater: Yes. You know Udo Jürgens?
Schülerin: No.
Vater: Noja, it is ned so schlimm. Do you want unser Haus see?
Schülerin: Ob ich will your Haus anschauen?
Vater: Yes. You can gut deutsch!
Schülerin: Oh, thank you!

Vater: Please! Look, this is the Wohnzimmer!

Schülerin: Oh, very nice!

Vater: Yes, it is Birke gewachst. Very teuer, pig-teuer! Alone the Schrank 12 Tausend Marks. That's a Haffa Holz, many wood!

Schülerin: Oh, that's really expensive!

Vater: What?

Schülerin: The Schrank ist sehr teuer. In England it would be fourthousand pounds.

Vater: Pounds?

Schülerin: Fourthousand Pfund. The Schrank.

Vater: Viertausend Pfund? Des warn ja vierzig Zentn. Naa, so schwaar is'a ned ganz. Owa trotzdem, a Gwicht hoda scho, mei Liawa!

Schülerin: I'm sorry, ich verstehen you nicht ganz.

Vater: That makes nothing.

Schülerin: Oh!

Vater: Yes. Now we go into the Einbauküche.

Schülerin: Einbauküche?

Vater: Yes. The room wo my wife makes eating.

Schülerin: Oh, the kitchen!

Vater: Yes. We have a Einbau-Kitschen. Eiche hell.

Schülerin: Eiche hell? Hell in England is Hölle.

Vater: Yes. But not hier. Eiche hell in German is a Baum. Tree, Holz, you understand?

Schülerin: Ah, tree! Du haben Baum in Küche?

Vater: Naa, koan Baam. The Möbel, Geschirrspüler and so, they are of Holz. Eiche hell. Oak light, you understand?

Schülerin: No.

Vater: Noja, im Prinzip is eh wurscht. Look, this by the Spüle is my wife. Her name is Gudrun!

Schülerin: Oh. Hello Gudrun!

Mutter: Griaß Gott!

Vater: Gudrun, this girl is fast siebzehn years old!

Mutter: Spinnst du? Worum schmatzt denn du Englisch mit mir?

Vater: Ah ja, du bist ja deitsch. I bin schon ganz durchanand. Also Gudrun, i gej ejtz mir ihr ausse und zoig ihr draussn alls! Also Gudrun, good bye!

Schülerin: Bye Gudrun!

Mutter: Servus!

Vater: Come with, we go ausse. Look, this is our Garten!

Schülerin: Dein Garten?

Vater: Yes. Genau. You can good German speak!

Schülerin: Thank you! What kind of vegetables are growing in your garden?

Vater: What?

Schülerin: Was für Gemüse wachsen in dein Garten?

Vater: Ah, Gmias! Jamei, allerhand. We have yellow Roum, Tomatoes, Headsalad, Kohlrabe and sogor one Biven Erdäpfl!

Schülerin: Pardon, what do you have?

Vater: One Biven Ground-apples. Erdäpfl holt. Later their name is Pommfritz!

Schülerin: Ah! Potatoes! You have potatoes!

Vater: Yes. Now I remember. They heißen potatoes in Englisch. And we have noch Gurks.

Schülerin: Gurks? What are Gurks? Do you mean Gurken?

Vater: Yes! Genau! Super!

Schülerin: In England we call them „cucumber".

Vater: Cucumber? Do schau her! A schwierig word. Not easy.

Schülerin: Ein schwierig Wort für dich?

Vater: Yes. Look, this is our Kersch-Tree!

Schülerin: Kersch-Tree?

Vater: Yes. Kirschen! You know Kirschen? They are red und have a Kern in the Mitt.

Schülerin: Oh! Cherries!

Vater: Yes, cherries. I want cherries very gern. But sometimes is a Wurm in it.

Schülerin: A worm? Oh, terrible!

Vater: That you can say loud. I hate Wirm! Look, this is our apple-tree!

Schülerin: Oh! I like apples very much!
Vater: I aa. But he carries not good.
Schülerin: He carries not good? Who?
Vater: The apple-tree trägt nicht gut. Not many apple, hejchstens fimf.
Schülerin: Oh!
Vater: Yes. It's a cross. But what want you make? It is how it is.
Schülerin: What did you say?
Vater: It was not so wichtig. Look, this is my Garage!
Schülerin: Oh, beautiful!
Vater: Gell! It is a Double-Garage. For two cars.
Schülerin: Oh, du haben zwei Autos?
Vater: No, only oans. The other place is for Rasenmäher, Schubkorrn, Winterreifn and so Zeig. With the time comes so much Glump together, dass aus is.
Schülerin: I'm sorry. What did you say?
Vater: Much Glump said I!
Schülerin: Glump? What is Glump?
Vater: Mei, wej soll i des sogn? Glump are many things. I say you a Beispül: Winklschleifer, Tapeziertisch, Fliesenmörtl, Terassenmöbel, this all is a Glump. But it is not so wichtig, that you understand Glump.
Schülerin: Aha. It is a nice garage! I like it.
Vater: Thank you! We have the garage black gemauert!
Schülerin: Black? But it's white!
Vater: Scho. The Garage is white. The Maurer wor schworz. The man who made the Garage was a black.
Schülerin: Oh! Was he from Africa?
Vater: No, from Schwandorf.
Schülerin: Ich kann nicht verstehen. Warum schwarzer Mann from Schwandorf?
Vater: Bou Deandl, des is schwierig. Wej soll i ejtz dir erklärn, dassma mir de Garage schworz gmauert ham ma. I moi, 's naxte Mol nehma a Austauschschülerin vo Österreich. Do daad i mi leichter.
Mutter: *(Aus der Küche)* Essen is firte!

Schülerin: What did she say?
Vater: Eating is ready!
Schülerin: Oh!
Vater: Yes. Go we on the Terrasse zum Essn. My wife has cooked Ripperln!
Schülerin: Ripperln?
Vater: Yes, Ripperln. Bones from a Sau!
Schülerin: Bones? Knochen? You eat bones?
Vater: Um Gottes Wülln, not eat! Only ofiesln. Eat doud's nacha da Hund. The dog.
Schülerin: Deutsch ist keine leichte Sprache!
Vater: Des lernst scho no, Deandl. Hob i Englisch aa glernt! A good!
Schülerin: Pardon?
Vater: Einen Guten!
Schülerin: Ein Guten what?
Vater: Einen guten Appetit!
Schülerin: Thank you!
Vater: Please!

Valentinstag

Es gibt für uns Manner etliche Termine, de wosma ned vergessn derfa: Geburtstag vo da Frau, Muttertag, Hochzeitstag, Kennenlerntag, Ruhetag vom Stammwirtshaus, Valentinstag. De meistn Manner, also de dumpfe graue Masse, de san dodale Gewohnheitstiere und vergessnd koan Termin. Am Valentinstag zum Beispül wennst in a Blumengschäft einegejst, do datretns di. Do gibts Manner, de san so verbohrt, de kaffand glei doppelt ei: Zwanzig langstielige Rosen für d'Freindin und Primeln für d'Frau. I bin do mehr a Individualist. I wüll mi unterscheidn vo da dumpfen, grauen Masse. I hob zum Beispül meiner Frau am letztn Valentinstag überhaupt nix mitbrocht. Owa wal sie ned woaß, dass i a Individualist bin, hods natürlich a Gsicht gmocht, wal alle Manner eahrana Frau wos mitbringand, bloß i ned.

„Schau her, Spotzerl," hob i gsagt, „am Valentinstag Blumen kaffa, des konn doch jeder Depp!"

„Bloß du ned!" hod sie gsagt. Do hods natürlich recht, owa bloß, wal i a Individualist bin.

„Wej schauts denn aus bei de andern?" howes gfragt. „Bei denen laffts doch aso: Am Valentinstag und am Geburtstag wird a Blumenstreißerl kafft und des wars dann. De moinand, mit an Streißerl hammands eahra Schuldigkeit getan. I bin do anders. I bring ned dann wos mit, wenn a jeder Hanswurscht wos mitbringt. Owa zwischendurch, wenn de andern nix mitbringand, wos dou dann i? Ha, Spotzerl?"

„Dann bringst du aa nix mit!" hod sie gsagt und wollt ofanga zum bocka.

„Von wegen! Du wirst di no wundern! Eines Tages kimm i mit ana Super-Überraschung ! Do wirst schaun, mei Liawa! Grod dann, wennst ned damit rechnest, grod dann. Am Valentinstag rechnest ja damit, do is ja koa Überraschung!"

Sie wor halbwegs beruhigt und i hob vorläufig mei Rouh ghod. I hob dann des Gespräch wieder vergessn, man hod einfach zvül andere Sachen im Kopf.

Eines Tages im Oktober, wej i am Freitog vo da Orwat hoamkimm, sagt sie aafamol: „Bold is wieder Valentinstag. Und vorher is no Weihnachten!"
Der Tonfall hod mir gor ned gfolln, er wor direkt bedrohlich. Und mir is schlagartig wieder eigfolln, dass i eigentlich a Individualist bin.
„Ja gibts des aa!" hob i gsagt, „des is direkt telepathisch. Akkrat heit wollt i dir an Geschenkgutschein gebn für an überraschenden Schmuckkauf!"
„Wou is nacha der Gutschein?" hods gfragt.
„Ejtz howen doch glatt im Büro vergessn! Mensch, bin ich ein Depp! Owa des mocht gor nix, Spotzerl! Morgn is Samstog, do gemma zum Schmuckkaffa und du host freie Auswahl. Da Gutschein is ja praktisch eh bloß a Symbol für freie Auswahl. Wolltst du ned scho lang echt goldene Ohrringe? De konnst morgn kaffa. Da Preis spielt keine Rolle!" Des hob i gsagt und i hobma denkt, dass bei Ohrringe preislich ned so schlimm werdn konn.
Am nachstn Dog samma ins Schmuckgschäft. De hammand ganze Kistn voll Ohrringe ghod. Wos mi a weng nervös gmocht hod: An de goldernen wor koa Preisschildl ned dran. Mei Frau hod überlegt, probiert, higholtn, wegglegt, wieder higholtn, in Spejgl gschaut, d'Verkäuferin ogschaut, mi ogschaut, 'n Kopf gschüttelt. Sie hod gsagt, dass alle so schej san und i bin danebngstandn und hob „ja" gsagt.
Noch ungefähr zwanzig Minutn worn no zwoa Boor Ohrringe in da engeren Wahl. Oans wor mehr so wellenförmig, des andere mehr gred. Mei Frau hod dann d'Verkäuferin gfragt, wos des wellenförmige kost.
„699 Mark", hod de gsagt.
Einfach aso, ohne Vorwarnung! Wos?? 699 Mark für zwoa kloane Ohrringeln? Mi hätt bold da Schlog troffa. Hoffentlich nimmts de gredn.
„De kostn 999 Mark", hod d'Verkäuferin aaf mei Anfrage gsagt. Hoffentlich nimmts de wellenförmigen! 999 Mark! Sovül hod mei ersts Auto kost, a gebrauchter VW-Käfer. Es is a Wahnsinn!

Es gibt tatsächlich Leit, de hängan se a gebrauchts Auto an d'Ohrn dro!
„Sog holt du aa amol wos!" hod mei Frau gsagt und dabei des gebrauchte Auto an ihrane Ohrn drogholtn.
Wos soll ejtz i do sogn? Holt, ejtz woaß i wos! „De mochand di a weng olt", hob i gsagt.
Des triffts, des woaß i. Des trifft jeds Wei, wennst sagst, dass wos olt mocht. Sie is aa sofort daschrocka und wollt de gredn Ohrringe wegdou, do is da Postbot eina kemma.
„Ja Frau Lauerer, Sie schaun um zwanzig Johr jünger aus mit de tollen Ohrringe!" hoda gsagt. „De san wunderbar. Jugendlich und doch elegant!"
„Gell, des find i aa" hod d'Verkäuferin gsagt.
I hob den Postbot no nie richtig leidn kinna, owa seit dem Dog hasse'n. Wos gengand denn den d'Ohrn vo meiner Frau o? Der konn vo mir aus da sein an jeds Ohrn a Diamanthufeisn drohänga, owa de mei soll er in Rouh loussn! Hamma ejtz scho soweit, dass da Postbot bestimmt, wosma mir für Ohrringe kaffa? Scheinbar scho, wal mir hamma de deiern gnumma. D'Verkäuferin hod uns no an Sonderrabatt gebn und hod ned 999, sondern bloß 995 Mark verlangt. Und a Brillenputztuch hamma aa no gratis krejgt. Toll!
Ab naxts Johr bring i am Valentinstag Blumen mit hoam. Dann ghör i zwar zu da dumpfen, grauen Masse und bin koa Individualist mehr, owa es kimmt deitlich billiger.

In Bayern ersetzt man Namen oder Begriffe, die einem momentan nicht einfallen, gerne durch das Wörtchen „Ding".

Im Chinarestaurant

Sepp: Du Kare, host scho ghört, 'n Ding hammands'n Führerschein zwickt!
Kare: A gej! Wem?
Sepp: No, 'n Ding.
Kare: 'n Ding?
Sepp: Sei Wei is a Schwester vom Ding, der wej als Buagamoaster kandidiert hod letzts Johr.
Kare: Ah, da Ding! Ejtz woaß i, wennsd moinst. Sogs holt glei. Hammands eam'n Ding zwickt, 'n Führerschein?
Sepp: Allerdings! Bou, sowos is zwider.
Kare: Vor allem fürn Ding. Orwat der ned bei dera Baufirma, beim Ding?
Sepp: Genau, beim Ding is er. Owa ejtz, ohne Führerschein, do wird da Ding ned begeistert sa, da Chef.
Kare: Des schatz i aa. Ja, worum hammands eam nacha'n Schein zwickt? Hoda Ding ghod, Alkohol?
Sepp: Zwoa komma acht Promüll im Schattn!
Kare: Mei Liawa, des is natürlich scho a Ding.
Sepp: Des konnst laut sogn!
Kare: Wouher woaßt nacha des, dass'n Ding sein Schein zwickt hammand?
Sepp: No, da Ding hodmas vazühlt, vo da Polizei da Ding, der wos damals den Ding dawischt hod bei dem Ding, wos er draaht hod, dem Banküberfall.
Kare: Ah, da Ding! Bou, des is a schorfa! I kenna scho. Privat fohrta an Ding, an so an amerikanischn.
Sepp: Genau, den moine. Ejtz schauta natürlich dumm aus da Wäsch, da Ding. Samma uns doch ehrlich: Ohne Führerschein bist doch heitzudogs a glatter Ding.

Kare: Do host du recht, Sepp. Owa mei, schuld is er sölber. Wenn oana so dumm is, dann is eam ned zum hülfa. Wej hoißt des Sprichwort? Jeder ist seines Glückes Ding!

Sepp: Genau! Der Ding geht so lange zum Ding, bis er bricht!

Kare: Mensch, apropos Ding, dürschtn daad mi. Und an Hunger hätt i aa. Herr Ober! Bringens uns d'Ding, d'Speisekarte bitte!

Ober: Kommt sofolt!

Sepp: I iss aa wos. Owa bloß a Ding, a Kleinigkeit. A Frühlingsding am End. Und a boor so Dingsprossen.

Kare: I nimm des, wos i beim Chinesn awl nimm: A Ding mit Reis.

Sepp: Und? Schmeckt des guat? Is do ned recht vül Ding drin?

Kare: Naa, des is aso a Hühnerding süß-sauer. Also einmalig! Für sowos lou i jeds Ding stej! Ehrlich!

Ober: So, bitteschön, die Hellen, die Speisekalte. Möchten Sie volhel etwas tlinken? Einen Apeletif vielleicht?

Sepp: Kare, wos trinkma?

Kare: I daad sogn, a Ding, a leichts Weizen.

Sepp: Genau! Zwoa leichte Weizen, Herr Ober!

Ober: Sehl wohl, die Hellen!

Sepp: Naa, ned de Hellen, de Weizen!

Kare: Sepp, er moint scho Weizen. „Hellen“ hoißt doch Herren. De dounse doch so hort mitn „r“.

Sepp: Aso! Nix für unguat, Herr Ober. Sie, Herr Ober, wej hoißn Sie überhaupt, dassma ned awl „Herr Ober“ sogn mejßn?

Ober: Ding!

Der Pechvogel

I schlog mei Zeitung aaf
– a jede Woche 's Gleiche –
im Lotto hammands Millionen gwunga,
manchmal zwoa, manchmal drei

und i bin nie dabei.

I fohr zum Tanz mit meine Spezln,
se tanznd mit de schejn Deandln,
dann gengans in d'Bar mit ea,
a jeder krejgt a Wei

und i bin nie dabei.

I sitz im Büro mit drei Kollegen,
mir orwatma fest, dassma wos werdn.
Alle wernd befördert,
oana in an Johr, da ander glei

und i bin nie dabei.

Im Summer fohrns in Urlaub,
wals an Haffa Göld hammand.
Mitn Flieger oder mitn Mercedes,
oana aaf Tahiti, da ander aaf Hawaii

und i bin nie dabei.

Ob Urlaub, Lotto oder Wei,
i, da Depp, bin nie dabei.
Bloß neilich in da Nacht um Oans
is a Kontrolle gwen.
Wegen Alkohol isma aafgholtn wordn
vo da Polizei.
Vo hundert hammands zwoa dawischt

do wor i dabei!